書下ろし

風立ちぬ（上）

風の市兵衛⑥

辻堂 魁

祥伝社文庫

目次

吉原
向島
浅草寺
浅草
神田川
蔵前
吾妻橋（大川橋）
横川
筋違橋御門
市兵衛の長屋（雉子町）
口入れ屋「宰領屋」（三河町）
小料理屋「薄墨」（鎌倉河岸）
本両替商「佐賀屋」（本両替町）
金座屋敷（本町）
両国橋
本所
千鳥橋
竪川
大川
新大橋
室町
日本橋川
小名木川
一ツ橋御門
神田橋御門
常盤橋御門
北町奉行所
南町奉行所
日本橋
楓川
「三四の番屋」（本材木町）
永代橋
深川
一膳飯屋「喜楽亭」（深川油堀）
柳井宗秀の診療所（柳町）
北
西
東
南

『風立ちぬ』の舞台

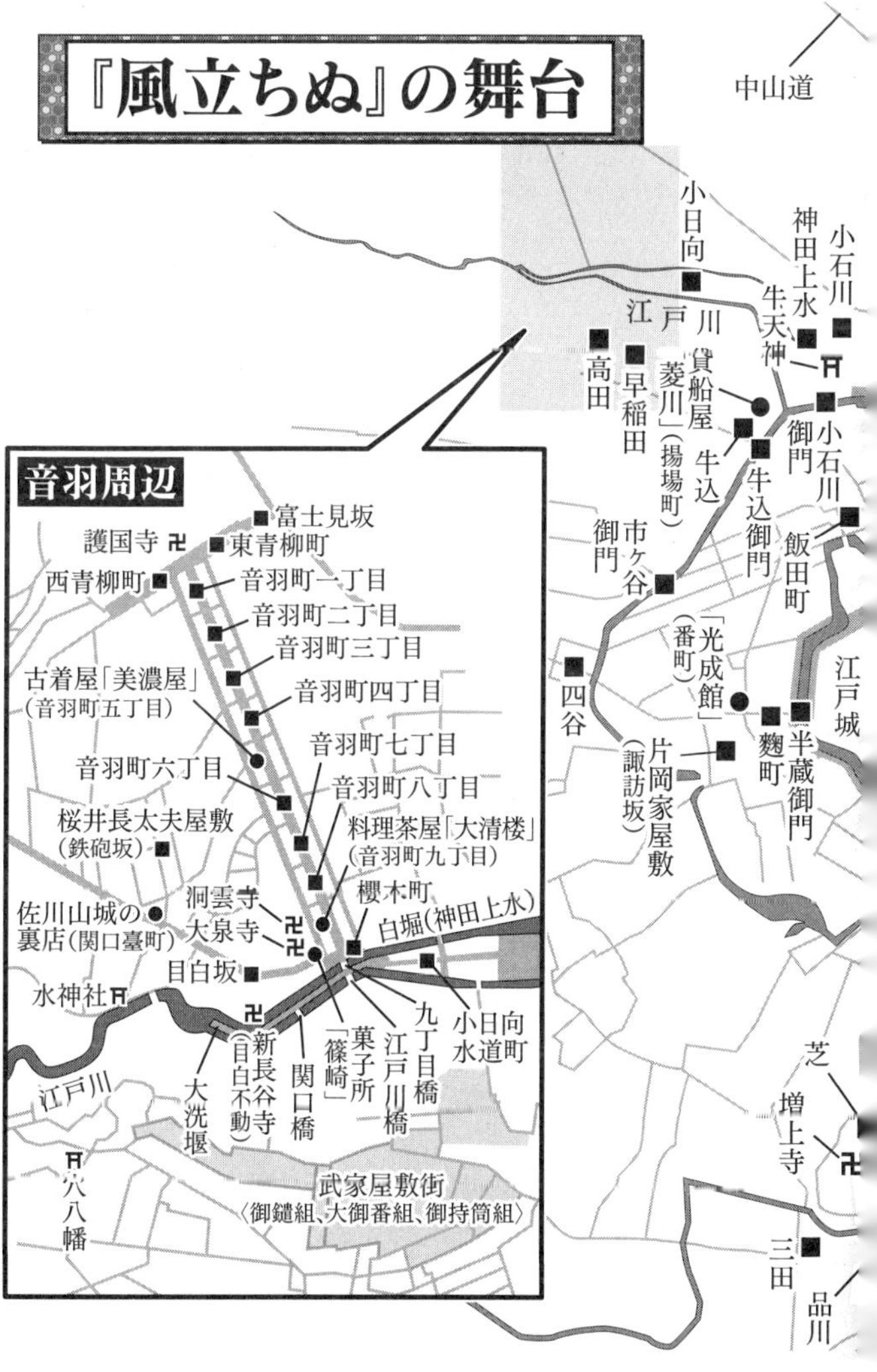

中山道
小日向
神田上水
小石川
江戸川
牛天神
高田
早稲田
貸船屋
菱川」(揚場町)
牛込
牛込御門
御門
小石川
市ヶ谷御門
飯田町
「光成館」(番町)
江戸城
四谷
麴町
半蔵御門
片岡家屋敷(諏訪坂)
芝
増上寺
三田
品川
音羽周辺
富士見坂
護国寺
東青柳町
西青柳町
音羽町一丁目
音羽町二丁目
音羽町三丁目
古着屋「美濃屋」(音羽町五丁目)
音羽町四丁目
音羽町七丁目
音羽町六丁目
音羽町八丁目
桜井長太夫屋敷(鉄砲坂)
料理茶屋「大清楼」(音羽町九丁目)
洞雲寺
櫻木町
佐川山城の裏店(関口臺町)
大泉寺
白堀(神田上水)
目白坂
水神社
九丁目橋
小日向水道町
新長谷寺(目白不動)
関口橋
菓子所「篠崎」
江戸川橋
江戸川
大洗堰
穴八幡
武家屋敷街
〈御鑓組、大御番組、御持筒組〉

序章　その男

一

堀端の町家に並ぶ一膳飯屋《喜楽亭《きらくてい》》の縄暖簾《なわのれん》がもう目と鼻の間になって、犬のけたたましい鳴き声が深川油堀《ふかがわあぶらぼり》に響いた。

北町奉行所定町廻《じょうまちまわ》り方同心・渋井鬼三次《しぶいきさじ》は、千鳥《ちどり》橋の河岸場《かしば》から堀川《ほりかわ》町油堀の堤へ上がり、傾いた口差しが魚油《ぎょゆ》臭い川面《かわも》へ赤い絖《ぬめ》りを落とす堤道を、中ノ橋の方角へ取っていた。

粗末な家々が軒《のき》を連《つら》ねる堤道をゆく渋井の耳に、犬の鳴き声がけたたましく聞こえている。

渋井がその男を見たのは、軒に下がった縄暖簾を分け、《飯酒処　喜楽亭》と記した腰高《こしだか》の油障子《あぶらしょうじ》の表戸を勢いよく開けたときだった。

男は袖《そで》まくりから伸ばした片手で亭主の胸《むな》ぐらをつかみ、亭主のたるんだ喉首《のどくび》を絞《し》めるように、無精《ぶしょう》ひげが目立つ顎《あご》を荒々しく突き上げたところだった。

瘦《や》せ犬が男と亭主の周りをゆきつ戻りつして、しきりに吠《ほ》えていた。

「……んだと、てめえ」

怒りに任せて喚《わめ》いた男と懸命に吠える瘦せ犬は、渋井が腰高障子を開けた気配にさえ気付かなかった。

「あぐぅ、て、てめえ、離しやがれ」

亭主は気強く言いかえしつつ男に抗《あらが》ったが、今年五十八の丸くなった背中を店土間と奥の板場を仕切る棚柱《たなばしら》へ片腕一本に押し付けられ、身動きが取れなかった。

顎の上がった顔を息苦しそうに歪《ゆが》め、ただ手足をじたばたさせた。

渋井には男の背中と、わずかに横顔しか見えなかった。

年は若く瘦せた身体《からだ》付きで、亭主より一寸半（四、五センチ）ほど背が高そうだった。

紺《こん》無地の着物をいからせた肩や日焼けした腕、男帯をだらしなく結んだゆるい着こなし、細い足首と麻裏草履《あさうらぞうり》を突っかけた汚れた素足が、粗末な一膳飯屋の店土間に舞う埃《ほこり》みたいに、男の風体《ふうてい》をやさぐれて見せた。

瘦せ犬が勇敢に男の着物の裾《すそ》へ咬《か》み付いたのを、

「うるせえっ」

と、蹴飛《けと》ばしたから、瘦せ犬はひと声悲鳴をあげ、たちまち渋井の足元を走り抜けて外へ逃げ出した。

渋井は、こけた頰《ほお》と頰骨の上に光る疑り深そうな一重《ひとえ》の目と、目付きの割には眉尻《まゆじり》が情けなさげに下がった八文字眉の渋面《しぶづら》で、逃げた瘦せ犬を追った。

情けねえ……

そうして、江戸市中の盛場の顔利《き》きや地廻りに《鬼しぶ》と綽名《あだな》され、あいつの面《つら》は鬼より景気が悪いぜ、と忌《い》み嫌われているその渋面をいっそう渋くした。

夕方近い七ツ刻《どき》（午後四時頃）の赤い西日に背を押され、渋井は大股で店土間へ踏み入った。

男の肩口よりのぞく亭主の歪んだ顔が、渋井を見てとり「はあ？」と間抜け面に変わった。

渋井は亭主へひとつ頷《うなず》いた。

それから、ぱちん、と男のこめかみを小気味よく鳴らした。

躊躇《ためら》いなく後ろから男の側頭をはたいたのだ。

「わっ」と男が亭主を離し、敏捷《びんしょう》に振りかえった。

「だ、誰でえ、てめ……」

言いかけた声が、町方同心の定服《じょうふく》である白衣《びゃくえ》と黒羽織を見てたじろいだ。

「てめえ、何していやがる。ああ？」

渋井の張り手が今度は男の横っ面を高らかに鳴らし、すかさずかえす手の甲が頰に鈍《にぶ》い音を立てた。

男は仰《の》け反《ぞ》ったはずみに腰掛《こしかけ》に足を取られ長板の卓へ倒れかかると、醬油樽《しょうゆだる》へ渡した長板がばたんとはずれ、長板に凭《もた》れた格好のまま尻餅《しりもち》を突いた。
二十七、八かそこらの年ごろに見えた。
日焼けした顔に顎が尖《とが》り、高い鼻と怯《おび》えた丸い目が、やさぐれてはいても男の風貌《ふうぼう》をひ弱げに見せていた。

年配の亭主ひとりと見て、小銭でも強請《ゆす》りに入《へえ》りやがったちんぴらか。

そう合点《がてん》した渋井は、「ちんぴらが、どこの手のもんだ」と、月代《さかやき》を剃《そ》って青々した頭へ張り手を食らわした。

両腕で頭を庇《かば》い、うう……と呻《うめ》くのも構わず、その腕の間から髷《まげ》をつかんで無理やり顔を上げさせ、耳元で怒鳴った。

「てめえ、見かけねえ面だな。ここら辺のもんじゃねえな。さては流しだな」

ところへ、意外にも亭主が止めに入った。

「待ってくれ、旦那《だんな》。か、勘弁してやってくれ」

亭主は男の頭を庇うように抱きかかえた。

「旦那、そうじゃねえんだ。こいつはそうじゃねえんだ」

「なんだおやじ。この野郎は知り合いかい」

「そうなんだ。じつは……」

「この野郎、知り合いならなおのこと勘弁ならねえ。知り合いのおやじになんてことをしやがる」

逆にだんだん頭に血の上った渋井が止める亭主の傍《かたわ》らから手を廻し、男の頭を小突いたりはたいたりした。

「止《や》めてくれ。もういい。勘平《かんぺい》、おまえも旦那に詫《わ》びを入れろ。この旦那は北御番所のお役人だ」

「てめえ、勘平か。よしわかった。牢屋敷へぶちこんでやる」

途端に、うずくまっていた勘平が亭主を渋井の方へ突き飛ばし、「おらあ……」と叫びながら表へ走り出した。

「くそ、待て」

亭主ともつれるのを振りほどいて追いかける渋井の差料《さしりょう》の鞘尻《さやじり》を、土間に跪《ひざまず》いた亭主が後ろからにぎった。

「あいつはおらの倅《せがれ》だ。倅なんだ」

「えっ」

驚いて振りかえったその間に、勘平の叫び声が堤道を駆け去っていった。

「そうなんだ。あいつは勘平と言ってな。家出しやがったわけありの倅なんだ」

渋井は、すぼめた肩に首を埋《うず》めて頷く亭主の、白髪まじりの薄い髷を見おろした。

「旦那方がうちにくる、ずっと前だ。十年以上前になる」

「こいつぁ魂消《たまげ》た。おやじに倅がいたのかい」

そう言って、渋井は外へ渋面を廻した。

夕焼けに染まりつつある油堀を、荷船が櫓《ろ》を軋《きし》ませすぎていった。

拍子《ひょうし》抜けした渋井は腰の差料を取って、無事な卓の腰掛へ落ち着き、鐺《こじり》を土間に突いた。そして、

「初耳だぜ」

と、柄頭《つかがしら》に肘を乗せた。

おもむろに立ち上がった亭主は、土間に落ちた片方の長板を直し始めた。

長板が醤油樽に触れて、がたん、がたん、と鳴った。

喜楽亭は醤油樽に渡した長板の卓が二台ある。卓の周りの腰掛にかけて安酒や飯を呑《の》み食いする客が十二、三人も入れば小さな一膳飯屋は満席になる。

店土間の棚で仕切った奥に板場がある。

「あいつのことは誰にも言ってなかった。半刻（一時間）ばかし前、ひょっこり顔を出しやがって、おやじ達者だったかい、なんぞとぬかしやがった。丸十年以上も音沙汰《おとさた》なしで、おら、もうどっかで野垂れ死んだと思ってあいつのことは諦《あきら》めてた」

卓を直した亭主は、傍らの腰掛に座り肩を落とした。

「懐《なつ》かしくて涙が出そうだったがよ。あいつの呑気《のんき》な様子を見たら、急に腹が立って我慢できなくなっちまったんだ。この野郎、どこうろついてやがったと、思わず手が出ちまった。ふん、餓鬼《がき》のころのすぐべそをかく子供のつもりでいたのが大間違いだ。後は十年ぶりに会った親子が、旦那の見ての通り、この野郎、馬鹿野郎と罵《ののし》り合っての取っ組み合いだぁ……」

亭主は目頭《めがしら》を押さえ、声をつまらせた。

「十年ぶりに会った倅と、積もる話もできなかったってえわけか。そうかい。余計なことをしちまったな」

「いいやあ、旦那のせいじゃねえ。おらが悪いんだ。江戸にいるなら、また顔を出すべえよ。そのうちによ」

ふと、渋井は勘平という倅のやさぐれた風体にいやな虫の知らせを覚えたが、それは黙っていた。そこへ表に足音がして、

「旦那、いってきやした」

と、手先の助弥《すけや》が縄暖簾を分けた。

「おう、ご苦労だった」

その助弥の足元を、さっき蹴飛ばされて逃げ出した痩せ犬が、こそこそとすり抜けた。痩せ犬は亭主の足元を嗅《か》ぎ廻り、くうん、と小さく鳴いた。

この四月、渋井の後について芝《しば》から喜楽亭まできて、追い払わずに飯を喰《く》わし宿まで与えてくれた亭主の恩義に報いるつもりか、勝手に居着いて、無愛想《ぶあいそう》な亭主に代わり客に愛想《あいそ》よく尻尾《しっぽ》を振って廻る野良犬だった。

「大川《おお》端でこいつがうろうろしていやがるんで、おいっ、て声をかけたら情けなさそうな面してついてきやしてね。大川端で何をしてたんだろう」

呼ぶときは、おい、とか、おめえ、である。

「おめえ、大川まで逃げたのかい。臆病な野郎だね」

渋井は亭主の足元の痩せ犬の頭を撫《な》でた。

「まあいいってことよ。おめえなりによく頑張ったわな」

痩せ犬は照れ臭そうにうな垂《だ》れた。

「まだ何もできてねえが、酒を出すべえ」

亭主が板場へ立ち、痩せ犬が亭主の後に続いて板場へ消えた。

「旦那、なんぞあったんでやすか。おやじさんが目をしょぼつかせてやしたぜ」

ふむむ……と渋井はうなった。

そのとき、本所横川《ほんじょよこかわ》の時の鐘がまだ昼の名残《なごり》を留《とど》める青空に、夕七ッの報《しら》せを遠く低く響き渡らせた。

二

目白《めじろ》不動の時の鐘が、崖下《がけした》に広がる早稲田《わせだ》の村や高田《たかだ》の森、東へ流れる江戸《えど》川筋の彼方《かなた》、遠くは駿河台《するがだい》の森影、近くは牛込《うしごめ》の榎《えのき》町から高田に至る田面へ、夕六ツ（午後六時）の時をはるばると打ち鳴らした。

勘平は江戸川橋をすぎ、小日向水道《こびなたすいどう》町から神田上水《かんだじょうすい》に架《か》かる九丁目橋を渡った。

御成道《おなりみち》を音羽《おとわ》町へ取り、目白坂下の四つ辻を目白台方面へ折れると、大泉《だいせん》寺門前から目白不動のある新長谷《しんちょうこく》寺まで上り二町（約二百二十メートル）ほどの目白坂が続いた。

この道は音羽町九丁目より駒井《こまい》町、目白台へ上り、雑司ケ谷《ぞうしがや》村、池袋《いけぶくろ》村を通って巣鴨《すがも》村と滝野川《たきのがわ》村の間で中山道《なかせんどう》へ入る幅二間《けん》（約三・六メートル）ほどの脇道だった。

目白坂を上り関口臺《せきぐちだい》町までできたころ、辺りの夕闇は深まっていた。

道の両側は静まりかえった宵《よい》の武家屋敷地が続き、武家屋敷地に挟まれて関口臺町が飛び地になった町明かりを裏寂しく散らしていた。

勘平は人影の途絶えた夜道に唾《つば》を吐いた。

一刻（二時間）前、深川の喜楽亭で気の荒い町方に打たれたこめかみと顎がまだ痛んだ。

飯田《いいだ》町の蕎麦《そば》屋で晩飯代わりの盛《もり》と冷酒の二合《ごう》を頼んだ。

朝から歩き廻って空腹も耐え難かった。

打たれた顎が痛んで蕎麦を咀嚼《そしやく》できず、酒と一緒にようやく流しこんだ。

「くそぅ」

てめえら腐れ役人、今にびっくりさせてやるぜ。腰抜かすな。

と、考えれば考えるほど情けなさが募り、腸《はらわた》が煮えくりかえった。

一方で、十年ぶりに会った親父《おやじ》の老いた顔が脳裡《のうり》から離れず、懐かしさと寂しさが募った。

喧嘩《けんか》なんかするつもりじゃなかったのによ。可哀想《かわいそう》なことをしちまった。

勘平は夜道をゆきながら、後悔を覚えていた。

小日向四家《よつや》町との境《さかい》の小路《こうじ》を関口臺町へ入った幸之助店《こうのすけだな》に、陰陽師《おんみようじ》・佐川山城《さがわやましろ》の裏店《うらだな》がある。

裏店と言っても網代《あじろ》の塀《へい》に囲まれた一軒家で、二階家の主屋《おもや》、主屋の裏に土蔵造りの納屋《なや》があって、そこは陰陽道の祈禱所《きとうしよ》を兼ねた修行者の宿泊所に使っていた。

主屋と祈禱所の間は、抜け道ほどの狭い裏庭になっていた。

五日ほど前の七月下旬、この関口臺町の陰陽師・佐川山城の店に逗留《とうりゆう》を始めた修《しゆ》験者《げんじや》ふうの一団があった。

一団は総勢十五名。みな編笠《あみがさ》に白衣と括《くく》り袴《ばかま》、笈《おい》を背負って《日月十支相生相剋》

とまことしやかに記した幟《のぼり》を立て、土御門神道《つちみかどしんとう》の神職らしき風体だった。

佐川山城は家主の幸之助に、彼《か》の者らは祓《はら》いや物忌《ものいみ》、吉凶判断を生業《なりわい》にして諸国を廻る陰陽道の徒であり、二月《ふたつき》ほど江戸にて営みをなした後、冬になる前には京へ戻る所存で、決して胡乱《うろん》な輩《やから》ではございません、と断わっていた。

元々、佐川山城の店には陰陽の業を営む同業者のみならず、卜筮《ぼくぜい》、修験者風体が日ごろよりよく出入りしており、中には長期に亘《わた》って逗留する旅の遊行僧《ゆぎょうそう》らもいた。

その一団の人数が多いのは少々気になったが、佐川山城がそのような者らを修行者と称して逗留させ、何がしかの謝礼を得て世をへる方便にしている日ごろの事情もわかっていたから、幸之助は取り立てて人別《にんべつ》改めの手間も取らなかった。

勘平は通りから北の鉄砲《てっぽう》坂の方へ折れ、武家屋敷の土塀《どべい》沿いの小路をたどって庭木戸から宿泊所である納屋へ戻った。

庭には虫の声がすだいていた。

納屋の板戸を引くと、半間（約九十センチ）四方の土間に小広い板敷が続いていて、夕餉《ゆうげ》が済んだ後なのか、男らが白帷子《しろかたびら》や寝間着代わりの浴衣《ゆかた》姿で思い思いに寛《くつろ》いでいた。

みな一瞥《いちべつ》を投げたばかりで、勘平の様子を気に留めなかった。

板敷へ上がりかけたとき、奥で四、五人が花を打っていた固まりの中から小頭《こがしら》の五郎次《ごろうじ》が首を伸ばし、

「勘平か、遅かったな。何してやがった。頭のところへすぐ顔を出せ。おめえの帰りをお待ちかねだぜ」

と、伸ばした首を訝《いぶか》しげに傾げた。

勘平は肩をすぼめて「はあ」と頷いた。

板敷には上がらずに、そのまま裏庭へ出た。

頭の植木屋菊《うえきやきく》の助《すけ》と女房のお万《まん》が寝泊まりする部屋は、主屋に用意されていた。納屋の入り口と狭い裏庭を隔《へだ》てて勝手口が向き合い、片側に濡《ぬ》れ縁《えん》と部屋を仕切る障子戸がある。

行灯《あんどん》の明かりが障子に頭と女房の影を映《うつ》していた。

「お頭、勘平でやす。お呼びで」

裏庭から障子戸の影へ声をかけた。

「上がれ」

菊の助の野太い声がした。

部屋は四畳半で、総髪を後ろで結《ゆわ》えた菊の助が、腕組みをして行灯の側《そば》に広げた江

戸の絵地図を挟み、女房のお万と向き合っていた。

白衣の肩と背中に、黒い被《かぶ》り物のような髪を長く垂らした女房のお万が、菊の助と向き合い筮竹《ぜいちく》と算木《さんぎ》を使って一心に何かを占っていた。

菊の助の年のころは四十七、八。背は五尺五寸（約百六十七センチ）足らずだが、骨太のごつい身体をした武骨な風貌の男だった。

対するお万は、四十をすぎたばかりのむっちりと白い肉付きの大女で、菊の助はお万の占う吉凶禍福の判断に従って、稼業のみならず、暮らし百般に亘って歳月日、方位を決めていた。

噂《うわさ》では、菊の助は上州《じょうしゅう》沼田《ぬまた》の在の小百姓の倅で、お万は沼田近在の神社の娘と聞いている。ただ、二人が今の境遇に到った過去や、菊の助がなぜ植木屋菊の助と自ら名乗っているのか、詳しい経緯《いきさつ》を勘平は知らなかった。

知ってても知らなくても、どうでもよかった。

江戸を出て放浪の果て、会津若松《あいづわかまつ》で押しこみを働き、山王峠《さんのうとうげ》を越えて野州《やしゅう》から上州まで逃げてきて、沼田の宿場の賭場《とば》で有り金を使い果たしたときだった。

ここなら金になりそうだと押し入った先が、菊の助とお万が表向きは京の土御門配下と自称して陰陽道の占いと祓いを生業とし、沼田城下の北のはずれ、発知《ほっち》川沿いに構えた一軒家だった。

勘平は手下らにあえなくつかまり、菊の助の前に据《す》えられた。

「おらんとこへ忍びこみやがるたあ太《ふて》え盗人《ぬすっと》だが、おめえがその気なら命はしばらく預かってやってもいいぜ」

と、菊の助に奇妙な情けをかけられ、一味へ加わったのが五年前だった。

むろん、初めはこんな稼業だとは思いもしなかった。

近在の百姓や在郷《ざいごう》の商人《あきんど》相手に妖《あや》しげな祓いや儀式、呪術《じゅじゅつ》をやる神職の下働きをするものだと思いこんでいた。

ところが、菊の助一味はそんなものではなかった。妙な一団だとは思っていた。

「出た」

お万が算木を並べ終えて言った。

「どうでえ」

お万の白い顔に薄っすらと汗が浮いていた。

「八月半《なか》ば、十七日より晦日《みそか》まで。日本橋方面に大歳神《おおとししんぽう》方、と出た。だが、諸事恵方《えほう》ではねえ。障《さわ》りがある。遅ければ遅いほどええ」

「八月……遅ければ遅いほど、か。どんな障りがある」

「人だ。女だ」

「女？」

「ああ。だが定かにはまだわからねえ」

そう言ってお万は、障子を背に肩をすぼめている勘平を、切れ長の目尻の吊《つ》り上がった大きな目で睨《にら》んだ。

勘平は背中がぞくりとした。お万に睨まれると身がすくむ。命を吸い取られそうな不気味さと、魂《たましい》を奪われそうな艶《なま》めかしさがない交ぜになった眼差《まなざ》しに、勘平はいつも射すくめられた。

菊の助が相貌《そうぼう》を歪めて思案する素振《そぶ》りを見せつつ、勘平へ向いた。

「こんな刻限まで、どこへいってた」

「へ、へえ。本町の裏通りを隈《くま》なく廻り、念のため鎌倉《かまくら》河岸から神田橋御門外を通って飯田町の堀留まで見てきやした。土地勘をつかむためもあって……」

「それだけで、今までかかったのか」

勘平は頭をちょこんと垂れた。

菊の助は薄い唇を結んで目をそそいでいた。それから、

「その面、どうした。そっちが少し腫《は》れているんじゃねえか」

と、顎をしゃくって勘平の右頰を指《さ》した。

「こ、これでやすか」

勘平は頰を押さえた。

まだ痛い。くそ。

「江戸は、じゅ、十年ぶりなもんで戸惑《とまど》っちまって、うろうろしてたら通りかかりとぶつかって転んじまいやして。みっともねえ」

菊の助は訝《いぶか》しげな目付きになった。

「おめえ、まさか昔の知り合いに会いにいったんじゃあ、あるめえな」

「とんでもねえ。お頭の指図を違《たが》えるようなことは、やっちゃあおりやせん」

「ならいいがな」

菊の助は腕組みのまま江戸の絵地図へ戻った。

そして、江戸中を見廻すかのようにゆっくりと頭を廻《めぐ》らし、言った。

「江戸で大仕事を働くのは長年の夢だった。そのために七年も準備をしてきた。五年前、こそ泥のおめえの命を預かったのは、江戸生まれのおめえならちったあ役に立つんじゃねえかと思ったからだ。用心しているつもりでも、ささいな油断が命取りになる。いいか、抜かるんじゃねえぜ」

勘平はまた頭を小さく頷かせた。

お万が何も口を挟まず、自分を睨み続けているのが不気味だった。

お万は片ときも菊の助の側を離れなかった。仕事のときも男らと同じに拵《こしら》え、菊の助に代わって男らを指図する。自ら得物《えもの》を揮《ふる》って、逆らう者、立ちふさがる者には容赦《ようしゃ》がなかった。お万の容赦なさは、むしろ残忍ですらあった。

勘平は菊の助よりもお万の方が、何倍も恐ろしかった。

勘平が神田上水に架かる九丁目橋を櫻木町《さくらぎ》へ渡った夕六ツ（午後六時）ごろ、小日向水道町の江戸川堤に、饅頭笠《まんじゅうがさ》を目深《まぶか》にかぶって大きな数珠《じゅず》を首にかけ、長さ二間（約三・六メートル）、太さ一寸余の樫《かし》の生木《なまき》を杖《つえ》代わりにした瘦身《そうしん》で背が高い旅僧の姿があった。

僧は仏具のほかに下着や旅の諸道具を納めた笈を背負っていた。

目白不動の時の鐘が殷々《いんいん》と鳴り響いたとき、僧は饅頭笠の縁《へり》を持ち上げ、薄墨色に暮れかかった空を見渡した。

その額《ひたい》には古い一本の疵痕《きずあと》が細筆で刷《は》いたごとくに走り、僧の細面《ほそおもて》の白い相貌に精悍《せいかん》さと凄み、のみならず美しさすら与えていた。

僧は涼しげな一重の眼差しを道の彼方《かなた》に向けた。

九丁目橋を櫻木町へ渡っていく人影が見えた。

櫻木町から音羽町、青柳《あおやぎ》町の御成道の先に、新義真言護国寺《しんぎしんごんごこくじ》神齢山《しんれいさん》の仁王門《におうもん》がある。

奈良からの長い旅がようやく終わる。そして旅の終わりは、江戸での勤めの、どうしても果たさねばならぬ勤行《ごんぎょう》の始まりでもあった。

ふと、僧は、堤端に青い実を付け始めている柿の木の下で歩みを止めた。

堤下の川縁に、白い小網の虫取り竿《ざお》をかざした男が、足音を忍ばせながら草むらを分けているのが見えたのだ。

堤から見下ろしても、男のふっくらと肥満した大きな図体がわかった。

だが、男は、前髪頭のまだ元服前の年ごろらしかった。

裾短《すそみじか》に着た商家の小僧のような縞《しま》の着物や網竿をかざし草むらへ分け入る仕種《しぐさ》が、身体の大きさとは不釣合いに幼く見せていた。

無心の表情が幼童を思わせるあどけなさで、邪気が一切《いっさい》伝わってこなかった。

この男、まだ子供か。

僧は男を見下ろし、薄い笑みを浮かべた。

「おぬし……」

僧は堤に佇《たたず》んで声をかけた。

あ？　と男が川縁の草むらから僧を見上げた。

すると、男の分け入る草むらの先から一羽の蝶《ちょう》がひらひらと川辺を舞った。

「ああ……」

男は蝶を追って網竿を宙に揮った。

舞う蝶と較《くら》べて、動きは緩慢だった。

茶色い蝶が堤より高く舞い上がり、堤端の柿の木の葉陰へ消えていくのを僧は目で追った。

「せっかく寝ているところを見付けたのに、惜しいことをした」

男は宵の迫る空を見上げ、無邪気に言った。

「虫取りが、おぬしの生業なんか」

「なりわい？　おとんは菓子を作って、おかんが売ってる。うちは菓子屋だが、おら、綺麗《きれい》な虫が好きだ。おとんの作る菓子より好きだ。今のは《きたては》だが、おまえ知ってるか。枯葉に隠れて冬を越すんだ。寒くねえのかな。あげはも綺麗だが、秋になって見付けるのが難しくなった。おら、綺麗な虫を集めてるんだ」

「綺麗な虫を集めて、どうするのや」

「どうする？　おらが、大事に綺麗なまま守ってやるんだ」

綺麗なまま——僧は訝しんだ。

「大事に綺麗なまま守って、それからどないする」

「それから……」

男は束《つか》の間《ま》考える素振りを見せた。そして、

「何もしねえ。綺麗な虫は見ていて飽《あ》きねえ。だから好きだ」

と言い残し、また暗くなりかけた草むらへ分け入っていった。

第一章　音羽《おとわ》自慢

一

侍は小石川《こいしかわ》御門から水戸《みと》家上屋敷土塀《どべい》沿いの百間《ひやつけん》長屋をすぎて、神田上水のある北の方角へ道を折れた。

幅三間《けん》（約五・四メートル）ほどの神田上水は白堀《しらほり》と言って、目白の崖下《がけした》の大洗《おおあらい》堰《ぜき》で江戸川から分かれ、江戸市中へ流れる水道である。

牛天神《うしてんじん》から水道端の白堀通りが、目白の方へ延びている。

堀端の柳並木が枝葉を眠たげに垂らし、澄んだ水面《みなも》と明るい道がゆるやかにくねってどこまでも続いていた。

白堀通りをゆく侍は、五尺七、八寸（約百七十四センチ）近い背筋の伸びた痩軀《そうく》に飛白《ひはく》模様の単《ひとえ》を着け、細縞《ほそじま》の小倉《こくら》袴《ばかま》、上に羽織った古い紺《こん》羽織に火熨斗《ひのし》を利《き》かせ、白足袋《しろたび》に麻裏付き草履《ぞうり》、腰に黒鞘《くろざや》の二本と、いつもの飾り気のない拵《こしら》えである。

朝夕秋めいてはきているが、袷《あわせ》にはまだ早い。

午前の日差しは、のどかに歩む侍の一文字髷《いちもんじまげ》を結った総髪を艶《つや》めかせて、こけた頰《ほお》をも幾分《いくぶん》朱色に染めていた。

奥二重《おくぶたえ》の精悍《せいかん》な眼差《まなざ》しと鼻梁《びりょう》のやや高い鼻筋からやわらかく結んだ唇の線は、下がり気味の眉《まゆ》になだめられて相貌《そうぼう》を少々頼りなげに見せつつ、それゆえにかえって涼しげで一徹なこの男の内面を醸《かも》していた。

侍自身は気付いていないが、通りをゆき交《か》う物売りや武家屋敷の若い娘、子供ら、大人までの表情が、その風貌とすれ違う折りに、ふっとやわらぐのが、この男の人に与える不思議な印象を何よりも物語っていた。

対岸には町家や寺院の甍《いらか》、武家屋敷の大小の屋根、鬱蒼《うっそう》と繁る樹木が小石川の丘陵地を覆《おお》い、こちら側には御鑓《おやり》組、大御番《おおごばん》組、御持筒《おもちつつ》組などの組屋敷が続いている。

組屋敷の屋根と屋根の間の彼方《かなた》に、江戸川を越えた牛込の高台の町地が朝の青空の下に見え隠れしている。

その武家地をすぎれば小日向水道町、九丁目橋を渡って櫻木町、そして音羽町九丁目である。

九丁目と櫻木町の境《さかい》の角地《かどち》に両町組合の自身番があり、火の見櫓《やぐら》と半鐘《はんしょう》が屋根の物見台の上にそびえていた。九丁目から御成道が一丁目までまっすぐに延び、富士見《ふじみ》坂から下る東西青柳町の通りとぶつかったところが、護国寺の仁王門である。

侍が九丁目の通りをゆく途中、目白不動の時の鐘が朝四ツ（午前十時）を報《しら》せた。

通りは護国寺への参詣《さんけい》客でそろそろ賑《にぎ》わい、名物音羽焼の菓子屋、即席料理の店、すし屋、蕎麦《そば》屋、鰻《うなぎ》の蒲焼《かばやき》、ほかに下《くだ》り傘《がさ》問屋、扇《おうぎ》問屋、書物問屋などの表店《おもてだな》が商《あきな》いを始め、表店に並ぶ茶屋の日除《ひよ》け暖簾《のれん》をくぐる芸者衆と筥《はこ》屋も早や見受けられた。

先方へは朝の四ツすぎに訪ねる約束になっていた。

「当然ご存じだろうが、ああいう見世《みせ》は朝帰りの客が帰って、昼からの客がくるまでのほんの一刻（二時間）ほどが一日の空《あ》いているときだから、相手は四ツすぎたころにきてほしいそうだ」

神田三河《みかわ》町の請《う》け人宿《宰領屋《さいりようや》》の矢藤太《やとうた》が、承知かい、という顔付きを斜《はす》にして、にんまりと笑いかけた。

「承知した」

男はのどかに答えたが、どんな仕事かは知らなかった。

仕事先は武家でも商家でもなく、江戸の西北に当たる場末の、音羽町の料理茶屋だった。料理茶屋だが料理だけではない。客が上がれば子供屋から子供や芸者が呼ばれ客につく、色里のそういう見世だった。

だから、見世の内情は概《おおむ》ね察しが付いていた。

「一ヵ月だけつなぎのつもりで引き受けてくれねえか。うちの親父《おやじ》がひいきにしていた古い料理茶屋でね。おれも亭主とは親しいんだ。いい人がいないか、と亭主に頼まれた。そういう見世だからお侍には不本意かもしれねえが、ちょいと義理もあってね」

そういう見世だからなどと言いはしない。だが……

だがそういう見世で、わざわざ算盤《そろばん》が得手の渡り者を雇うどんな仕事があるというのだ。古くから色里の茶屋を営む亭主なら、人を雇わずとも算盤勘定ぐらいできるはずである。しかし矢藤太は、

「先方はできれば侍が望みなんだ。うちが主《おも》にお武家へ口入れをしているものだから、先方はいいお武家がいねえかと話を持ってきた」

と、仕事の中身は言わなかった。

「茶屋の用心棒だとかは、気が進まん。どういう奉公先であれ、算盤を使う術《すべ》を活《い》か

せる仕事を頼みたい」

「ある意味では算盤もできなきゃならねえ。ただ、算盤だけじゃあ駄目なんだ。と言って、難しい仕事じゃねえ。別の、ある意味じゃあ、気楽で簡単にできる仕事と言っていいくらいさ」

気楽で簡単にできる仕事とはなんだ――と訊《き》いても、矢藤太は薄ら笑いを浮かべ、とにかく一度顔を出して話だけでも聞いてくれ、頼む、と言うばかりだった。

「話を聞いていやなら断わってくれていい。顔さえ出してもらえれば、おれの顔が立つしさ。頼むよ」

矢藤太の顔を立てるためというのは妙でも、ほかに仕事があるわけではなく、まあいってみるか、という気になった。

贅沢《ぜいたく》は言えない。仕事があるだけでもましである。

市兵衛は九丁目と八丁目の境の横丁を、洞雲寺《どううん》山門のある西の方角へ折れた。

横丁の通りを挟んで八丁目の一画に住吉屋《すみよしや》という茶屋があり、出格子《でごうし》窓に下女らが二階座敷の掃除をしている様子が見上げられた。

住吉屋の見世先を借りて、羅宇《らう》屋が煙管《キセル》の掃除をしており、見世の若い者が羅宇屋の仕事を見守っていた。

音羽の岡場所は九丁目界隈《かいわい》に集まっている。

横丁から九丁目の小路《こうじ》へ入れば局見世《つぼね》（下級の女郎屋）が軒《のき》を連ねて、呼びこみの遣《や》り手らが往来の客を強引に小路へ引っ張りこむ。

この刻限、横丁は忙《せわ》しなげにゆき交う人の姿はちらほらあるけれど、表通りほどの賑わいはまだなかった。

界隈が賑わうのは、護国寺の参詣を終えた客が遊びにくる昼すぎから夜にかけてだった。客が茶屋の座敷へ上がると、町内に二軒ある伊勢屋《いせや》と三河屋《みかわや》の子供屋から子供が呼ばれる。芸者もいて、賑やかな宴《うたげ》になることもある。

音羽の相場は二朱《しゅ》ほどで、女郎を抱える局見世ならもっと安く遊べた。

《大清楼《だいせいろう》》は住吉屋の先の九丁目側の角地に山茶花《さざんか》の垣根を廻《めぐ》らし、桐《さり》の格子戸に大清楼と記した軒行灯を下げていた。

垣根の上に松が小洒落《こじゃれ》た枝振りを伸ばし、木々の間に二階家の山格子窓が見えている。松の枝の間を数羽の雀《すずめ》が、鳴きながら飛び交っていた。

格子の引戸をくぐって、綺麗《きれい》に掃除のゆき届いた前庭の飛び石を鳴らし、橙《だいだい》色の長暖簾が下がる表の石畳を踏んだ。

侍は長暖簾を四、五寸ばかり、遠慮気味にそっと開いた。

潜戸《くぐりど》と同じ桐格子の障子戸が両開きになっていて、三和土《たたき》の小広い土間と上がり框《かまち》、上がり框をさらに一段上がって磨《みが》かれた明るい板敷があり、そこから太い手摺《てすり》のある階段が二階へ延びていた。

階段の横から板敷は奥へ通じ、料理茶屋らしく甘く香ばしい出し汁のほのかな匂いが漂い、見世の者と思われる男女の話し声や笑い声などが聞こえてきた。

ちょうどそこへ、前垂れに襷《たすき》がけをし、島田《しまだ》に手拭《てぬぐい》を姉さんかぶりにした女が手桶《ておけ》を提《さ》げて奥から現われ、階段を上がりかけた。

「ごめん」

侍は暖簾を分けて土間へ踏み入り、会釈《えしゃく》をした。

「あら」

女が振り向いて、若い声をもらした。

化粧っ気はなかったが、肌が薄桃色に輝き、黒目がちな眼差しにかすかな笑みが湛《たた》えられた。

鼻筋が小生意気に見えるほどに少し尖《とが》り、きゅっと結んだ唇は少し厚めだった。

端女《はしため》が着るような暗い紺縞の小袖《こそで》がほっそりとして、階段へ片足をかけて桃色の踵《くるぶし》を見せて立ち止まった仕種《しぐさ》に、束《つか》の間《ま》、侍は見惚《みほ》れて言葉が出なかった。

女は手桶を置き、手拭を取りながら膝《ひざ》を突いた。

「おいでなさいませ。お早いお越し、ありがとうございます。ただ今、支度中《したく》でございます。支度が整いますまで少々お待ちいただくことになりますが、よろしゅうございましょうか」

女は一礼して上げた顔を、少し傾《かし》げて言った。

「客ではありません。本日、大清楼さんへうかがう約束になっておる者です。表から失礼いたしました」

「それでは、三河町の宰領屋さんの？」

「唐木市兵衛《からきいちべえ》と申します。ご主人にお取り次ぎを願います」

と、その侍、唐木市兵衛は、にっ、と微笑《ほほえ》んだ。

「からき、いちべえさん……」

女は少し不思議そうな顔付きを見せ、それから市兵衛の笑みに笑みをかえした。

「遠いところをご苦労さまでございます。お待ちしておりました。まずはお上がりくださいませ」

端女にしては案外にくだけた素振《そぶ》りを見せ、「どうぞ、どうぞ……」と市兵衛を一階廊下奥の板場や内証《ないしょう》をすぎた八畳ほどの座敷へ通した。

女は市兵衛に敷物と煙草《たばこ》盆を用意し、

「ただ今、主人を呼んでまいります」

と、言い残してさがっていった。

そこは家の者の住居に使っている部屋のひとつらしく、戸棚らしき襖《ふすま》と、化粧柱に弁慶草《べんけいそう》の一輪挿《ざ》しの花立を飾り、壁に掛け軸を下げた床の間が並んでいた。

障子戸が広々と開いて、濡《ぬ》れ縁《えん》と山茶花の垣根に囲われた裏庭があった。

垣根際の花壇に弁慶草の赤紫の花が咲いていて、垣根の枝折戸《しおりど》から九丁目の西裏通りへ出られた。

音羽町の西裏通りは御成道の表通りと並行して、西青柳町より櫻木町まで南北に延びている。

南へまっすぐに延びた西裏通りは、櫻木町との境の目白坂へ上る道と辻になって、辻の辺りに表店や白い漆喰《しっくい》の土蔵などが、市兵衛のいる座敷から垣根越しに見渡せた。

別の女が茶菓を出してほどなく、襖の外の廊下にぱたぱたと忙しない足音がした。

「はい、失礼いたしますよ」

と、男の軽い口ぶりが聞こえた。

襖がするっと開けられ、仕立てのいい鼠《ねずみ》色の羽織姿の四十代半《なか》ばと思《おぼ》しき小柄な男が、手もみの小腰をかがめつつ入ってきて、着座する前から市兵衛へ気さくな笑みを投げかけた。

この男がどうやら主人らしい。

続いて、珍しく眼鏡《めがね》を架《か》けた十歳前後の頰の赤い男児が従い、照れ臭そうに眼鏡の奥の丸い大きな眼をぱちくりさせていた。

男児は主人に目元がとてもよく似て、倅らしいことがひと目でわかる。

次に、これは母親と思われるふっくらと太った女将《おかみ》ふうの婦人が現われ、さらにさっきの美しい女も後に続いて襖を閉じたのが、市兵衛には意外だった。

女は前垂れと襷がけをはずし、素顔に薄く刷《は》いてきたらしい紅がほんのりとした色香を漂わせて、質素な着物姿でも端女には見えなかった。

痩せた小柄な主人と太った大柄な女将に挟まれて倅が座り、隣《となり》に女が澄まし顔で座に着いて、四人が市兵衛と向き合った。

主人が畳に手を突き、三人がそれに倣《なら》った。

「てまえが大清楼の清蔵《せいぞう》でございます。遠いところを畏《おそ》れ入ります」

「改めまして、唐木市兵衛です。三河町宰領屋の矢藤太さんより大清楼さんのご紹介を受け、本日、おうかがいいたしました。お見知りおきを」

「早速、これがてまえどもの倅の藤蔵《とうぞう》でございます」

「おいでなさいませ。藤蔵です」

藤蔵が恥ずかしげに小声で言い、頭を垂れた。

「それから家内の稲《いね》、そちらが娘の歌《うた》でございます」

「稲でございます。遠いところをお疲れさまでございます」

「歌でございます。本日はありがとうございます」

やはりそうか、と市兵衛は思いつつ稲と歌に礼をかえした。

身形《みなり》は質素でも、歌は弟とはだいぶ年の離れたこの家の姉娘だった。

主人の清蔵が膝《ひざ》の上に手を重ねて言い始めた。

「わたしども大清楼は見た目は古うございますが、音羽で三代続く料理茶屋でございます。わたしがまだほんの子供の祖父の代は、九丁目八丁目の料理茶屋もうちのほかに向かいの住吉屋さん、紅屋《べにや》さん、表通り東側の吉田屋《よしだや》さんばかりでございました」

「はあ……」

市兵衛はそぞろに答えた。

「元々音羽は、五代将軍綱吉《つなよし》さまのご生母・桂昌院《けいしょういん》さま御所縁《おんゆかり》の寺といたしまして綱吉さまが護国寺をご建立《こんりゅう》になられ、門前に許されました町家も桂昌院さまをお慰《なぐさ》めいたす特別な町地なのでございます」

妻、娘、倅の三人が揃って相槌《あいづち》を打った。

「桂昌院さまの菩提寺門前がお寂しくならぬようにとの綱吉さまのお計らいにより、大奥にお仕えする奥女中の青柳さまが護国寺門前の青柳町、音羽さまが音羽町、櫻木さまが神田上水堀端の櫻木町、と町家作とともに地面を拝領なされたのでございます」

中でも――と、清蔵は市兵衛へ手をかざして熱く続けた。

「音羽町は一番大きく、一丁目から九丁目までございまして、本来江戸の町はお城に近い方より一丁目二丁目三丁目と続く慣《なら》わしですが、音羽だけは護国寺を中心に一丁目が始まり、九丁日まで続いているのでございます。その意味でも音羽は、浅草《あさくさ》や深《ふか》川辺《がわ》りの盛場とは較べるまでもなく、古町だ年賀のお能だなどと自慢いたしております町家とも、そもそもの成り立ちが違う将軍家所縁の格式ある町なのでございます」

「なるほど」

市兵衛は、長い、と思いつつ、清蔵を気遣って言葉をかえした。

倅の藤蔵、女房の稲、姉娘の歌とも、清蔵の音羽自慢を聞き慣れている様子で、三人揃って畳へ神妙に目を落としている。

「ですから、音羽のお客さまはお旗本や御家人、お大名でも大身《たいしん》のご家中の方々が多うございまして、お客さまのご様子、遊び方、品格、ご身分、教養、どれを取りましても節度があり潔《いさぎよ》い、と申しますか、金さえ払えば客だ、というお客風を吹かす手合いはあまりお見えになりません。同じ盛場でもそういう趣《おもむき》の違いがございますのですよ、音羽は。あははは……」

清蔵は音羽自慢をひとしきり語り、高らかに笑った。しかし、

「そうそう、大塚《おおつか》の安藤《あんどう》家のご重役方がわたしどもへ見えられました折り……」

と、なおも言いかける清蔵を歌が止めてくれた。

「お父っつあん、それぐらいにしたら。唐木さんはお侍さまなんだから、みんなご存じですよ。ねえ」

と、歌は市兵衛にくだけた微笑《ほほえ》みを寄越した。

「そうですよ、あなた。音羽のことばかり話されても、神田から見えられた唐木さんは困っていらっしゃるじゃありませんか」

稲が続け、藤蔵が人差し指で鼻梁に眼鏡の架かり具合を直しつつ父親を見上げた。

「え？　そ、そうかい」

清蔵は残念そうに、苦笑いを浮かべた。

「それよりお父っつあん、お給金のお話はしなくていいの。唐木さんはご承知なの」

と、歌は歯切れがいい。

「おお、そうだった。仕事のお話をしなけりゃあな。それが肝心《かんじん》でございました」

清蔵は膝をぽんと打ち、ようやく本題へ移った。

二

にもかかわらず、清蔵は仕事の内容については語らなかった。

「矢藤太さんのご推薦ですから、唐木さんのお人柄が間違いないとは承知いたしております。承知はいたしておりますが、一応念のため、ということもございますので、唐木さんのご略歴を改めてお聞かせ願いたいのでございます。あの、唐木さんはご浪人さんとうかがいましたが、以前はどこかのお武家さまの？」

「いえ。わたしは渡りの用人を生業《なりわい》にし、半季や一季で雇われる以外の武家奉公はありません。ただ祖父が、旗本屋敷の足軽奉公をしておりました」

「すると、お父上もお旗本屋敷で足軽奉公をなさっておられたのでございますか」

「父はわたしが十三歳のときに亡くなりました。じつは、わたしは父親が四十をすぎてから生まれたもので、父親のことをよく知らないのです。元服も祖父の手によって果たし、この刀はその折りに祖父より譲られたものです」

藤蔵が眼鏡を指先で直し、市兵衛の右脇に置かれた黒鞘の一刀を興味深げに見つめた。

「お母上は」

「母もわたしを産んだ折りに亡くなりました。わたしは母の顔すら知りません」

「さようですか。それはそれは……」

と、清蔵は声をもらす一方で稲と目を合わせ、これで大丈夫なのかね、と内心は訝《いぶか》しみを覚えているふうだった。

「そ、それで元服をなさってからは、どのような？」

と、仕事の話はせず、市兵衛の略歴をしつこく気にかけた。

「元服した後、十三歳の冬に上方《かみがた》へ上りました。十八まで奈良の興福《こうふく》寺で剣の修行をし、思うところがあって奈良から大坂《おおさか》へ出て、堂島《どうじま》の米問屋に三年、仲買問屋に一年寄寓して算盤と商い、さらに灘《なだ》の醸造業者と河内《かわち》の豪農の下《もと》で二年をすごし、酒造りと米造りを学んだのです」

四人は、それから市兵衛が京の公家に仕え、さらに諸国を廻って三十四のとき江戸へ戻ってきた略歴に、感心して聞き入った。

殊《こと》に藤蔵は、男児らしく南都《なんと》興福寺での剣の修行に強い関心を示し、

「唐木さんは、何流の剣を学ばれたのですか」

と、目を輝かせて訊《たず》ねた。

「これと言える流派はありません。自分なりに工夫し、誰よりも強くなろうと剣の修行にのめりこみました。ただ、なぜ強くなろうとするのか、意味を知らず剣の修行を続ける自分に虚《むな》しさを覚えたのです。以来、剣の修行は断ちました」

歌が不思議そうな顔をして市兵衛を見つめていた。

市兵衛は微笑んだ。歌の眼差しに誘われ、つい続けてしまった。

「算盤や商いや経営、米造り、酒造りを学んだのは、生きてこの世にある姿形のありのままを、少しでも知りたかったからです。学び舎《や》の中の修行ではなく、活き活きとした人の世に触れたかったのです」

藤蔵が、ぽかん、とした顔をした。すると、

「そうだ、思い出しました。唐木さんは《風の剣》を使われるそうでございますね。矢藤太さんからうかがいました」

と、清蔵が真顔で言った。

矢藤太のやつ、まただ。

「風の剣？」

藤蔵がいっそう興味を示し、身を乗り出した。

「違うのです。剣に夢中だった興福寺にいたころ、己《おのれ》が風のように自在に振る舞えれば、誰よりも強いし、誰にも負けはせぬ、と埒《らち》もなく考え、そうあろうと修行に励んだときがありました。それを後になって矢藤太さんに話したのを、戯《たわむ》れに申されたのでしょう」

二十数年前、興福寺にて修行に励む若き市兵衛の剣の腕を僧らが評して、風の剣、と呼び噂《うわさ》していたのは、市兵衛も聞いた覚えがある。

「藤蔵さん、風の剣など、わたしは使えません。矢藤太さんにはそのような戯《ざ》れ言《ごと》を言わぬよう、たしなめておきます」

市兵衛は苦笑を藤蔵へ向け、それから清蔵へと廻した。

「わかりました。結構でございます。いろいろお訊ねいたし申しわけございませんでした。ご無礼をお許しください。では藤蔵、唐木先生にお願いしていいね」

なぜか呼び方が、唐木さんから唐木先生になった。

「お父っつあん、わたしは先生に解いてもらいたい問いがあるんだけど、お訊ねしても構わないかい」

藤蔵が父親を見上げてかえした。

「何を言うんだ。これからお勉強を指導していただく先生に、門弟のおまえが問いなどと、失礼だろう。いけません」

「だけどお父っつあん、わたしは唐木先生がどれほどお勉強がおできになるのか、何も知らないんだよ。勉強をするのはわたしだろう。お父っつあんにはよくても、わたしにはよくない場合が、あるかもしれないよ」

藤蔵がおどおどした目で市兵衛を見上げ、気弱そうに声が小さくなった。

お勉強を指導していただく？　勉強をするのはわたしだろう？　なるほど、そういう仕事か――市兵衛は仕事の内容をようやく察した。

矢藤太め、それならそうと勿体《もったい》を付けずに言えばいいではないか。妙に練《ね》った振舞いが面倒な男である。

「お父っつあんはね、矢藤太さんからうかがっているんだ。唐木先生は本来ならお城のお勘定奉行やお大名のご重役に就《つ》かれてもおかしくないほどお勉強のおできになるお方だけれど、身分がどうのこうのというお城勤めに縛《しば》られず、自ら孤高に生きることを望まれてご浪人さんでいらっしゃる、そういうお方なんだ。さようでございますよね、先生」

矢藤太のやつ、勝手にそんなことを言っているのか——市兵衛は困惑した。

「唐木先生が渡りの仕事をなさっていらっしゃるのは、渡りの仕事こそ、本当に勉強ができないと勤まらない仕事だからなんだよ。考えてもごらん。偉《えら》い身分のお旗本でも算盤の稽古《けいこ》をなさっていなければ、おまえに算盤の稽古を付けることはできないだろう。《光成館《こうせいかん》》の窪田《くぼた》先生も身分はご浪人さまでいらっしゃるだろう」

藤蔵が素直に頷いた。

「身分のあるお武家にお生まれになって偉ぶってはいらっしゃっても、この方はどうもなと思うお侍を幾らも見てきたから、お父っつあんにはわかる。本当の力がなければ、渡りの仕事は勤まらないんだ。ねえ、先生」

「ご主人……」

言いかけた市兵衛より先に歌が言った。

「でも藤蔵の言い分はもっともだと思うよ、お父っつあん。自分の先生がどれくらいお勉強がおできになるのか、どういうお考えの先生か、門弟なら知りたいと思うのが当然だもの。わたしだって三味線《しゃみせん》や踊りのお師匠さんが、上手だな、凄いな、って思えないとお稽古に身が入らないもの」

「何を言うんだお歌まで。先生に失礼な」

歌の青味がかって見える凛《りん》とした目と市兵衛の目が合った。

市兵衛は、に、と微笑んだ。

歌はほのかに頬を赤らめ目を落として、「だって……」と小声になった。

「だからおまえたち」

「お待ちください、ご主人」

市兵衛は手をかざし、清蔵を制した。そして、

「わたしはこちらでどういう仕事をするのか、まだうかがっておりません」

と、努めて穏《おだ》やかに、ようやく言った。

「宰領屋の矢藤太さんに、わたしにできる仕事があり、一ヵ月の短期でもあるから、まずは大清楼さんでわたし自身がお訊きし、仕事の内容を承知したうえで受けるか受けぬかの判断をするようにと勧められ、本日うかがった次第です」

「おや、するとなんでございますか。先生はどういう仕事なのかをご存じなく、うちへ見えられたので」

「はい、申しわけありません。矢藤太、あいや矢藤太さんの口ぶりに、少々気楽に考

えておりました。音羽へくる途中の白堀端の朝の散策も心地よく、じつのところ、駄目で元々、という気分でうかがいました」

「おやおや、そうだったんでございますか。これは失礼をいたしました。確かに、朝の白堀端の散策は気持ちようございますからなあ」

清蔵が困惑を浮かべつつ、しかし呑気《のんき》に言った。

「推量しますと、仕事は藤蔵さんの勉強の手伝いをする役割なのですか」

藤蔵が眼鏡を直した。

母親の稲と歌が、どことなくそわそわしている。

「さようでございます。唐木先生は番《ばん》町にある私塾の光成館をご存じではありませんか。窪田広兼《ひろかね》先生のお父上の窪田重兼《しげかね》先生が開かれた私塾でございます」

「光成館の名は知っております。算勘専門の私塾で、御家人の子弟の方が多く学ばれていると評判を聞いたことがあります」

「算勘やら算筆やらと、わたしにはよくわかりませんが、お城の勘定方の勘定衆に就かれる小普請《こぶしん》組の方々を多く輩出しており、勘定奉行さまのみならず、ご老中さまにも認められております名門私塾でございます」

幕府勘定奉行所・勘定衆は、旗本御家人の主《おも》に小普請組の中から算筆に優れた者が抜擢《ばってき》される。番町の光成館は、その勘定衆に取り立てられる人材を養成する専門の私塾として知られていた。

光成館では従来の四書五経《ししょごきょう》といった武家の教養学問ではなく、勘定衆として必須の算盤勘定・算筆を中心に据《す》えて、和算のみならず、長崎より伝わる異国の算勘まで学ばせるという噂も聞こえていた。

太平の世になり二百数十年、町人が実力を増す中で、世の中の実質は刀ではなく算盤を、武芸よりも算筆の技芸をより必要としていた。

光成館は、そういう時代の要請に応《こた》える私塾であった。

「これからの世の中、ご公儀で出世なさいます方々は武骨な武芸者ではだめです。算盤勘定、算筆に明るくなければ、勤まりません。武芸はまあ、そこそこのたしなみでよろしゅうございます。ご公儀の政《まつりごと》を動かすのはお金、つまり算盤を使ってお金勘定のできる方々でございますよ」

清蔵は色里の料理茶屋を長年営んできた亭主らしく、わけ知りふうに言った。

「藤蔵は来年春に十歳になります。ほんのよちよち歩きのときから、わたしの傍《かたわ》らで遊んでおりました。あるとき、そう、この子が三歳のころでした。戯れにほんの少し算盤の使い方を手ほどきしたのでございます。するとたちまち、加える減ずる掛ける割る、の使い方を覚えてしまったのでございます。どうやら、わたしの算盤勘定を傍らで見ているうち、数の仕組みと算盤の使い方を飲みこんでいたようなのですな」

藤蔵は少年の薄い肩をすぼめ、照れ臭そうに市兵衛を見上げた。

「丸年ではなく、数え年の三歳の子がですよ。驚きました。この子はわたしにはない、女房にもない、姉にもない特別な業《わざ》を神仏より授かっておると知れたのでございます。試しに先生、幾つかのでたらめな数を言ってみてください。藤蔵が空ですぐに全部足した数を当てることができます。なんなら、掛けるでも割るでも構いません。藤蔵、先生にやってお見せしなさい」

「いいよ、お父っつあん」

「どうぞ、先生。ほんの試しに……」

清蔵がやらせたがった。

藤蔵は、悪戯《いたずら》小僧のように市兵衛へ笑いかけている。

「そうですか。では藤蔵さん、千一から千二、千三と、二千までのすべての数を加えると幾つになりますか」

「いやいや先生、それでは加える数が多すぎて、ときがしばらくかかります。ときさえかければできますが、この場では十個か二十個ぐらいの数で」

「大丈夫だよ、お父っつあん」

藤蔵があっさりと言い、ぎゅっと目を閉じて考えた。

「え？　おまえ、せ、千一から二千までだよ」

清蔵が戸惑《とまど》い気味に言い終わるや否《いな》や、藤蔵が目を見開いて言った。

「百五十万と五百だよ」

「百五十万と五百？　そんな大きな数になるのかい。ええと千一と千二で……」

「藤蔵さん、正解です。どのように数えたのですか」

「正解？　正解ですか。でかした藤蔵。ね、先生。申した通りでございましょう」

「千一と二千を加えて三千一になって、次に千二と千九百九十九を加えるとやはり三千一になります。三番目の千三と後ろから三番目の千九百九十八を加え三千一。初めの数と一番後ろの数、二番目と後ろから二番目の数、というふうに順々に加えていけば五百回の三千一になるから、三千一に五百を掛けました」

「す、凄い。凄いじゃないか、藤蔵」

清蔵が大声になり、母親の稲と姉の歌が目を丸くして顔を見合わせた。

「どのようにして、その数え方を学ばれた」

「お正月にうちにお客に見えたお侍さんが、わたしが算盤が得意だって言うと、なら一から千までを全部加えた数を出す競争をしようと言って、わたしが空で数え始めたら、お侍さんがすぐに数を出したんです。わたしが、数える前から答えを知っていたんだねって言ったら、そうじゃないぼうず、こう数えるんだって、この数え方を教えてくれたんです」

「そうか、ふうん。そんな算法のおできになるお客さまがいらっしゃったのか。お旗本かい。それともお大名屋敷の勤番のお侍かい。お正月に見えたお客さまね。どなただろう。お稲、お歌、わかるかい」

「さあ、どちらのお客さまかね。それより藤蔵、お客さまが上がられたときに二階へいったのかい。いっちゃあいけないって、おっ母さんが何度も言ったでしょう」

稲がたしなめる口調で藤蔵を睨《にら》んだ。

藤蔵は母親と父親の間に挟まれ、いっそう首をすくめ、ぺろりと舌を出した。

「それより先生、わたしもひとつ、問いを出していいですか」

藤蔵が指先で鼻梁に架かった眼鏡を上げ、悪戯を仕かける小僧の顔になった。

「なんだ、先生に何をお訊ねするんだい。失礼なことをお訊ねしちゃあいけないよ」

「どうぞ、藤蔵さん。わたしにわかることならお答えします」

清蔵は、相すみませんことで、と苦笑いをした。

「この問いはね、お侍さんが次にくるときまでの宿題だって、出されたんです。わたしには解けないから。先生に教えてほしいんです。いいですか」

　市兵衛は微笑んだ。

「とても足の速いお役人ととても足の鈍《のろ》い盗人《ぬすっと》がいる。足の速いお役人が一間《けん》（約一・八メートル）走る間に十間、十倍速く走ることができるとします。ある日、お役人は盗人を見付けて追いかけた。盗人はお役人の十間前を逃げ始めました」

「待て、神妙に縛《ばく》につけ、とお役人は盗人に言ったんだな」

「それはどうでもいいんだよ。お父っつあんは黙ってて」

　歌が、くすっと顔をほころばせた。

「お役人も盗人も変わらぬ速さで走り続けるとして、お役人が盗人を捕まえることができたかどうかです。どうですか、先生」

「何を言ってるんだ、馬鹿ばかしい。十倍足の速いお役人がすぐに盗人に追い着いて、お縄にするに決まっているじゃないか。ねえ、先生」

「だけどお父っつあん、お役人が十間先の盗人を追いかけて十間走ったとき、盗人は一間先へ逃げているよね」

「そりゃそうだ。盗人にだって三分《ぶ》の理《り》ぐらいあるだろう。当然逃げるさ。けどお役人にはかなわない。もう目と鼻の間だ。投げ縄で捕まえたっていい」

「投げ縄はなしだよ。次にお役人が一間を追いかける間に、盗人は一間の一割分だけ逃げていることになるだろう」

「うん、そうなるな。一間の一割は、ううんと曲尺《かねじゃく》にして……」

「何尺何寸とかは面倒だから、後は十毎《ごと》に一つずつ桁《けた》が下がる一分《ぶ》一厘《りん》一毫《ごう》で言うよ。お役人が一間の一割の長さを追いかける間に、盗人は一割の十に一の一分だけお役人の先へ逃げている。だから、お役人はその一分を走る。すると盗人は一厘先に逃げてしまう。また一厘追うと今度は一毫先だ。その一毫を追い一糸《し》先へ逃げる。次もそのまた次も同じさ」

藤蔵はちょっと得意げである。

「それじゃあお役人が盗人の十倍速く走ったって、いつまでたっても盗人に追い着けない。お役人は盗人を捕まえられないことになるよね」

「そんな馬鹿な話があるものか。お役人は追い着くのに決まっているじゃないか」

「でもどうやって追い着くんだい。盗人はお役人の走る長さの十に一つしか走れないけれど、十に一つは必ず先にいっているんだよ」

「よくお聞き、藤蔵。それはだね、それは、ううんと……そ、そうですよね、先生。この子にわかるように教えてやってください」

清蔵が勢いを失い、市兵衛へ小首を傾げた。

「先生、お役人は盗人を捕まえられますか」

藤蔵が笑みを浮かべ、稲と歌は口を挟めず、ぽかんとしている。

「お役人は見事、盗人に追い着いて捕まえたでしょう」

市兵衛は藤蔵へさらりと答えた。

「まず、藤蔵さんの問いの何がわからないのか整理しましょう。わたしたちは盗人より十倍速く走ることのできるお役人が盗人に追い着いて捕まえることは、十分知っています。わからないのは、お役人が盗人に追い着くまでに走った長さ、お役人が何間何尺何寸何分何厘……を走って盗人に追い着いたのか、なのです。どれくらいの長さをお役人が盗人に追い着くまでに走ったのか、わかるように算盤で説明します」

と、懐《ふところ》から懐中算盤を取り出し、梁《はり》下五珠《たま》を藤蔵の方へ向けて畳へ置いた。そして指先で梁上梁下の珠をさらさらと揃えた。

「よろしいですか」

歌へ微笑みかけると、歌の白い顔がこくりと大きく頷いた。

「お役人が最初の十間を追いかける間に盗人は一間を逃げていますから、お役人が追いかける次の一間をまず置きます。ここを一間の桁《けた》とします」

市兵衛は算盤の梁下のひとつの珠を人差し指の先で、ち、と動かした。

四人が小さな懐中算盤へ身を乗り出した。

「盗人は十に一、つまり一間のうちの一割先を逃げていますから、お役人が次に走る一割の桁の一を隣に置きます。それからまた次の、一割の十に一を走るのが一分に当たりますから、これを置きます」

珠を一個ずつ順に、ち、ち、と動かし、隣へ並べていく。

「藤蔵さん、十ずつ桁が下がっていく小数《こすう》を言ってください。分の次は厘ですね。それから毫、次は？」

「糸、忽《こつ》、微《び》、繊《せん》、沙《しゃ》、塵《じん》、埃《あい》です」

「そうですね。みな十を区切りに桁が下がっていきます。お役人は自分の走る長さの十にひとつ先へ常に逃げる盗人を追い、走り続けます。その通り、走った長さを置いていきます。一糸、一忽、一微、一繊、一沙、一塵、一埃、と。後は限りなく下の桁へ同じことを続けるだけですから、藤蔵さん、算盤がなくてもわかりますね」

「はいはい、わかります。桁が下がってどこまでも続くんですね」

と、藤蔵ではなく隣の清蔵が先走って言った。

市兵衛は清蔵へ笑みを投げ、藤蔵へ向き直った。

「では仮に、一埃へ余分に九埃の長さを加えます。十埃となって埃の桁が上がって一塵になり、塵の位は先の一塵と合わせて二塵になります。埃の桁は消えますね」

埃の桁の珠を消し、塵の位の梁下の珠を一加えた。

「同じ勘定を繰《く》りかえします。仮に二塵に八塵を加えると十塵。塵の桁が上がって先の一沙と合わせて二沙。二沙に八沙を加え一繊。先の一繊を合わせ二繊。二微、二忽、二糸、二毫、二厘、二分、二割。もうわかりましたね、藤蔵さん。実際に走った長さより余分の長さを加え、埃よりも限りなく続いている下の位のすべて消していっても、長さは一間と一間の二割にしかなりません。これは盗人が無限に逃げ続けても、お役人に追い着かれずに逃げられる長さは一間と一間の二割に届かないということです」

市兵衛は一と二の並んだ算盤の珠を藤蔵へ示した。

ゆえに答えは——と、市兵衛は清蔵へにこやかに言った。

「お役人は十間と一間、そして一間の一割から二割の間の長さを追いかけたところで盗人に追い着き捕まえる、となります。もう少し厳密に長さを出すことができますが、今はここまでにしておきましょう」

はあ？　と清蔵が納得がいきかねる顔付きをひねった。

「しかし先生、どんなに長さが減っていこうともですよ、無限に永久に走り続けたら、いつかは限りなく遠くへいけるのではございませんか」

「ご主人の疑いはもっともです。ですが、数には不思議な仕組みがあるのです。前の数を二倍ずつにしながら一から順にすべて加えていけば、数は急激に巨大になっていきます。逆に、必ず前の数を半分にして一から順にすべて加えても、ある数に無限に近付きますが、ある数から決して増えることがなくなるのです」

「なぜでございます。小さい数は小さいなりにゆっくりと増えてゆくのでございましょう。山椒《さんしょう》は小粒でもぴりりと辛い、と申します。小さくとも侮《あなど》れません」

清蔵の言い草に、藤蔵が吹き出した。

稲と歌が、口元へ手をあてがい、清蔵の真顔をくすくす笑った。

「ご主人、ここにお出しいただいた饅頭《まんじゅう》があります」

市兵衛は茶碗と並んだ小皿の大福餅《だいふくもち》を指差した。

「最初に饅頭の一個の半分、その半分の半分、そのまた半分と、半分ずつにした饅頭をご主人から限りなく頂戴した場合、わたしは一個以上の饅頭をいただけるでしょうか」

ああ――と歌がわかったという声をあげた。

藤蔵は眼鏡を直し、なんだ今ごろ、と姉を振りかえってにやにやした。

しかし清蔵はまだ納得ができない。

「限りなく、いつまでも、でございましょう。それならときさえかければ、一個どころか、二個でも三個でも、いつかはいただけますでしょう」

「そうではないのです。最初にこの一個の半分をご主人からいただきます。次に残りの半分をいただきます。さらに半分をいただきます。ご主人は残りの半分を半分にしながら限りなくわたしに饅頭をくださいますが、半分の半分、そのまた半分、さらに半分と、言い替えれば限りなく半分がご主人の元に残るのです。ご主人は残った饅頭を限りなく半分にし続けなければならないのです」

歌は、ふんふん、と頷いていている。

「お父っつあんは一個目の饅頭から二個めの饅頭へ、移ることはできないんだよ」

藤蔵が清蔵を諭《さと》すように言った。清蔵は呆然《ぼうぜん》とし、

「そうか、わかった。何を仰《おつしや》っているのか」

と、呟《つぶや》いた。

「今ようやく得心できました。盗人もお役人に捕まらずに、一間と一間の一割と二割の間以上の先へは逃げられないのでございますね」

「そうです」

はあ……と、清蔵は溜息《ためいき》をもらした。不思議そうに首を振った。それから肝心なことを思い出したというふうに膝を叩《たた》いて、畳へ手を突いた。

「では唐木先生、藤蔵の勉強を指導していただけますように、お願いいたします」

それに倣って、稲、歌が畳に手を突き、愛嬌《あいきょう》のある笑顔で市兵衛を見上げている藤蔵の頭を稲が押さえて礼をさせた。

「藤蔵さんを光成館へ入門させたいと、お望みなのですか」

「はい。この八月の末に光成館入門の試問が、窪田先生直々《じきじき》にございます。わたしは藤蔵に光成館で学ばせてやりたいのでございます。先ほども申しましたように、この子はわたしどもにはない力を授かっております。神仏より授かりましたその力の活かせる道を、進ませてやりたいのでございます」

市兵衛は困惑した。

光成館の試問がどんなものかわからなかったし、八月末までの一ヵ月少々ではときが短すぎる。第一、光成館へ入門させてどうする。その先がわからない。

「光成館で有能な成績が修められれば、お武家でなくとも、窪田先生よりお武家との養子縁組の斡旋《あっせん》をしていただき、さらにお城のお勘定方に就く口利《き》きをお願いできるのでございます。わが倅・藤蔵が、お城勤めに上がる侍になれるのでございます」

おやおや、ずいぶん物要《い》りになりそうだな、と市兵衛は思った。

庭に雀の声がした。山茶花の垣根越しに音羽町九丁目の西裏通りと、通りの先の櫻木町の町並が見渡せた。

白い漆喰の土蔵が表店の上の青空に屋根を出し、壁に開いた窓の鉄製の覆《おお》い戸が両開きになっていた。

窓辺に佇《たたず》む人の影が小さく見えた。

急に話が生臭《なまぐさ》くなった。市兵衛は迷った。

三

大清楼を囲う山茶花の垣根に沿って、櫻木町と護国寺門前の西青柳町を南北につないでいる西裏通りの、音羽町九丁目より護国寺に近い五丁目から、幅一間に長さ六十間余の鉄砲坂が、関口臺町へ上っている。

同じ刻限、音羽町五丁目で古着屋を営む美濃屋《みのや》の手代・惣十郎《そうじゅうろう》が、右手に進物用の風呂敷包みを抱え、鉄砲坂をだらだらとたどっていた。

西裏通りを鉄砲坂へ折れる辻の北側角地は的場《まとば》になっている。

惣十郎は大きく蛇行《だこう》する坂の半ばまできて、お屋敷地の一画へ折れた。

道の両側に武家屋敷の土塀が連《つら》なり、中でもとりわけ大きな長屋門を構えている御持筒組頭《がしら》旗本・桜井長太夫《さくらいちょうだゆう》の二千石《ごく》の屋敷の前に着くと、惣十郎は縞《しま》の羽織の肩を軽く払い、包みを持ち替え前襟《まええり》を直した。

何度も訪れて顔見知りの番人に桜井長太夫への取り次ぎを頼み、少々待たされてから門脇の小門をくぐった。

御用聞きの商人が通るのは、むろん式台のある表玄関ではなく、家人が出入りする邸内中の口である。

惣十郎はやはり顔見知りになった若党の案内で、柴垣で区切った中庭側に縁廊下が廻る桜井の居室へ通された。

中庭の柴垣際にみずきが植えられ、春には可憐《かれん》な白い花を咲かせる。

その中庭に面した居室へ通る縁廊下の角に近付くにつれ、弓の調練の荒々しい物音が聞こえてくる。

惣十郎が縁廊下を曲がったとき、中庭片側の廂《ひさし》がある土間に片肌脱ぎになった桜井が、きりきり、と重籐《しげどう》の弓を絞《しぼ》って身構えたところだった。

的《まと》が、十数間離れた中庭越しの土蔵の土塀際に重ねた俵《たわら》に取り付けてある。

びゅん、と放たれた矢は垣根際のみずきの枝葉を切り裂き、ばん、と的を咬《か》んだ。

「よっ、お見事。さすが音羽一の弓取り。殿さま、惚《ほ》れ惚《ぼ》れいたしますよ」

惣十郎は若党の後ろに小股を進めながら、馴《な》れ馴れしい声をかけた。

「ふん。惣十郎ごときに惚れ惚れされても嬉しゅうないわ」

桜井は次の矢を弓につがえ、きりきり、ひゅうん、と放った。

矢は的から大きくはずれ、つん、と力なく俵へ刺さった。

「ああ、惜しい」

惣十郎は縁廊下の板敷へ着座し、膝の上に手を揃えた。

桜井は弓矢を廂下へ残し、韘《ゆがけ》をはずしながら惣十郎の着座した縁廊下へ肉太の大柄な体軀《たいく》を運んだ。

桜井が縁廊下に腰かけると、若党が片肌脱ぎの身体《からだ》の汗を拭《ぬぐ》った。

「そりゃあわたくしではなく梅里《うめさと》であれば、殿さまのお気持ちの入りようも違いますでしょうな」

惣十郎がにやけ顔で諂《へつら》った。

桜井は、ふん、と鼻を鳴らし、惣十郎へ向けた横顔をわずかに歪めた。

「梅里めはその後、いかがな振る舞いをいたしておりますか」

「相変わらずだ。音羽ごときの高《たか》が芸者が埒《らち》もなく突っ張りおって」

「まことに。高が芸者のくせに生意気な女でございますねえ。そういう女は一度、世の中の厳しさをびしっと教えてやらねばなりません。あそこの土蔵の中辺りで、殿さまとお二人でたっぷりと。うふふふ……」

「おぬしが連れてくるのなら、教えてやらぬでもないぞ」

「わたくしは殿さまのご命令とあらば、たとえ火の中水の中。少々手荒な手立てを講じてでも、連れてまいりますよ。殿さまのご命令とあらば……」

壁際に的を置いた土蔵を指《さ》して本気とも冗談ともつかぬ口調で言い、二人はくすくすと笑った。

「冗談はさておき、中へ」

桜井は居室の方へ顔を振り、若党の手伝いで着物を直した。

惣十郎は縁廊下から居室へ入る桜井の後ろに、小腰を屈《かが》め従った。

床の間を背にした桜井へ惣十郎は対座し、改めて畳に手を突いた。

携《たずさ》えてきた風呂敷包みを解き、「どうぞ、お納めくださいませ」と、進物の箱を差し出した。

「さようか」

桜井は中身を訊ねもせず、自らの傍らへ引いた。

床の間には花瓶《かびん》に菊の花が活けられ、紺地に金文字の掛軸がかかっている。

隣に違い棚があり、棚の下の刀架に朱鞘の二本。檜《ひのき》の光沢《こうたく》ある高い天井には鮮やかな鳳凰《ほうおう》の絵、次の間との透かし彫りの欄間《らんま》と縁木にも、御持筒組頭旗本二千石の、町人とは違う、侍の身分が保証する豊かさがうかがえた。

桜井は脇息《きょうそく》へ肘《ひじ》を乗せ、四十代半ばの肉厚な上体を凭《もた》せかけた。

少し出た腹の前で指を組んだ。

「今日はなんだ。用を言え。惣十郎が狙いもなしにくるわけがないからな」

桜井は傍らへ置いた進物の桐箱を一瞥《いちべつ》し、腰障子を両開きにした中庭へ漫然と眼差しを投げた。

「これの見かえりを、持って帰らねばならぬのだろう」

弓の調練が済んだからか、柴垣際のみずきの木々を雀《すずめ》が飛び廻り始めた。

「これはいつものご機嫌うかがいの、ほんのご挨拶代わりでございますよ。近々、また大清楼にて一献《いっこん》お付き合いいただけますよう、主人が申しております。むろんその折りには、梅里を揚げまして賑やかに」

「美濃屋の主人は相変わらずか」

「色ぼけ、欲ぼけ、それに近ごろは年寄りぼけもいささか雑《ま》じりかけておりますものの、元気そのものでございます。あははは……」

「結構なことだ」

若党が茶を運んできた。

それから若党は庭へ廻って、弓具の片付けを始めた。

「殿さま、閉めてよろしゅうございましょうか」

「ふむ」

失礼いたしまして——惣十郎は立っていき、両開きの腰障子を静かに閉じた。

奥州《おうしゅう》は水沢《みずさわ》の生まれという惣十郎が、音羽町五丁目の古着屋・美濃屋に雇われたのは五年前だった。在郷の呉服太物《ふともの》の問屋に奉公していた前があるという触れこみで、天下の江戸に己の店を持ちたい、と望みを抱いて江戸へ出てきた。

そのころ美濃屋は小僧奉公から手代になった男が店を辞《や》め、年配の主人と古番頭、十六、七の若衆に小僧の四人になって、至急、着物の値打ちのわかる奉公人を求めていた。

呉服太物の新調は値が高く、江戸の多くの庶民の着物には古着が出廻っていた。江戸は古着の大消費地である一方、一部の豪商や諸大名の武家屋敷、また公儀高官の旗本屋敷などがお城を固める江戸は、そういう豊かな階層が売り払う古着の、それも質のいい古着の一大供給地でもあった。

江戸の古着は古着商人らによって奥州各地や諸国へ出廻り、人気が高かった。

それゆえ、奥州事情に詳しい自分が江戸で店を持つなら古着屋をと狙いを定め、古着商いの様々な手蔓《てづる》と顧客をつかむための手始めに美濃屋に雇われた、と惣十郎は桜井に語っていた。

だが惣十郎は、商いの知識が本人の吹聴《ふいちょう》するほど特段に豊富ではなかった。ただ、持ち前の口達者が幸いしてか、三十すぎの年齢なりに手代として重宝《ちょうほう》され、五年がたった今では、己の店を持つ望みを捨てたかのごとくに美濃屋で扱う古着の仕入れを主《おも》に受け持ち、日々を送っている。

桜井長太夫とは、三年ほど前、九丁目の大清楼において顧客との談合の折り、偶然、顧客が顔見知りだったのがきっかけでつながりができた。

ああいう方とつながりがあれば、後々うちの商いには有益でございましょうと美濃屋の主人を口説き、それ以後、急速に桜井へ近付いた。料理茶屋へ桜井を招いて吉原《よしわら》の妓夫太郎《ぎゆうたろう》のごとく振る舞っての供応やら、事あるごとの進物に心をくだいた。

桜井にしても惣十郎の軽々しい調子のよさと馬が合った。

だんだんと惣十郎に目をかける間柄となった。

やがて桜井の屋敷に出入りが許され、桜井の伝《つて》により、朋輩《ほうばい》の旗本屋敷、組下の御家人屋敷、あるいは大名屋敷の勤番侍などに引き合わされ、そういう武家から仕入れた高級な古着の品揃えができて、主人を喜ばせた。

お陰で、惣十郎は桜井の専属の掛《かかり》を言いつかり、「ちょいと桜井さまの御屋敷へ」と言えば、接待供応、進物は思いのままに許され、桜井との結び付きを強めてきた。

桜井は、座に戻った惣十郎の仕種《しぐさ》を皮肉な笑みを浮かべて見つめている。

「惣十郎、珍しいではないか。よほどの用なのだな」

「わたくしはそれほどのことと思っておりませんが、ま、念のために……」

「申せ。聞いてやる。おまえの話だからただではあるまい」

「ご明察、畏れ入ります」

惣十郎は小首を傾げて、考えをまとめる短い間を置いた。

「わたくしこのごろ、そろそろよい潮どきかな、と思っておるのでございます。殿さまには以前、お話しいたしました覚えがございます。江戸にわたくし自身の店を持つ望みでございます」

「覚えておる。美濃屋を辞めて古着屋を開くのか」

「すぐではございません。しかし、ゆくゆくは。潮どきと申しますのは、そのための元手作りと足がかり作りでございます」

「おれに元手を借りたいのか」

「殿さまに金銭上のご迷惑をおかけいたすつもりは一切《いっさい》ございません。ただ、殿さまのお名前の拝借をお願いしたいのでございます。申すまでもございませんが、お名前料はお支払いいたしますし、何がしかの儲《もう》けが出ましたならば、相応の謝礼もさせていただきますよ」

「惣十郎、まさか、危ない事を企《たくら》んでおるのではあるまいな」

「とんでもございません。そんな大それた事をいたすわけがございませんし、決して長い間ではございません。てまえの店を開くまで、せいぜい三月《みづき》か四月《よづき》。何とぞ、そのようなご懸念はなきようにお願い申し上げます」

　惣十郎は肩をすぼめ、頭を垂れた。

「お聞きください、殿さま。わたくし、五年前に己の古着店を開く望みを抱いて江戸へまいりましてより、古着商いの手蔓と顧客をつかむために、まずは美濃屋に奉公をいたし、身を粉《こ》にして勤めてまいりました」

「ふふ……身を粉にしてな」

「わたくしの働きぶりは、殿さまがご存じではありませんか。わたくしの働きによって、美濃屋には十分儲けさせましたし、殊《こと》に、殿さまのごひいきをいただきましたお陰を持ちまして、美濃屋をこれまでの小店《こだな》の古着屋とは違う、新しい美濃屋に育て上げたと自負いたしておるのでございます」

桜井は組み合わせた指の親指を擦《こす》り合わせた。

「ですが、美濃屋の主人は、美濃屋は音羽の小さな古着店で十分という了見から抜け出せない小商人でしかなく……」

と、それから二人がひそひそと言葉を交《か》わす密談が、座敷に流れた。

主に惣十郎が語り、桜井は煙草盆の煙管を取って淡い煙を燻《くゆ》らせつつ、己の儲け話にもなりそうなその話に耳を傾けた。

雀の鳴き声が庭先でぬるい午前のときを刻んでいた。

やがて二人は、食虫花の放つ甘い匂いのように隠微な含み笑いをこぼした。

「それぐらいならばよかろう。惣十郎、おれは何も知らんぞ。おまえが勝手におれの名を使うのだから、おれは迷惑をこうむるだけだ。そういうことだ」

　桜井は灰吹きに煙管の雁首《がんくび》を打ち当て、吸殻《すいがら》を落とした。

「よろしゅうございます。決して、殿さまにご迷惑はおかけいたしません」

「しかし、二足の草鞋《わらじ》を履《は》くからには、ちゃんと儲けろよ。当然、美濃屋の進物のほかに、おまえの商いの方の進物も届くのであろう」

「はい。当然でございますとも」

「どうせなら惣十郎、おまえの進物は美濃屋のとは違う物がいいな」

「違う物？」

「さっきの梅里の件だが、なんぞ手立てはないか。あの女が進物となれば、今まで以上におまえには目をかけたくなる、と思うぞ。ふふ、ふふふ……」

　桜井の、大顔にしては薄い唇からこぼれた歯が黄ばんでいた。

「殿さま、少々荒っぽくはございますが、じつは手がございます」

　惣十郎は薄ら笑いを見せた。

「手が、あるのか」

「はい。音羽の九丁目へ、警動を入れるのでございます」

「警動？」

「町奉行所と吉原の、岡場所の女郎狩りでございますよ。手入れに遭《あ》った女郎らは、吉原へ拉致《らち》され、奴女郎《やっこ》の勤めをさせられます」

脂《あぶら》の浮いた小鼻の脇に、桜井は深い皺《しわ》を刻んだ。

「音羽の九丁目に警動が入れば、そのどさくさに、殿さまの息のかかった者が手入れの者らから梅里を救い出し、殿さまのお好きな場所に匿《かくま》うのでございます。小生意気な梅里も、さぞ悲しみ怯《おび》えるでございましょう。そこで殿さまが、二人きりでしっぽりと心ゆくまで慰めてやるのでございますよ」

「しかし、梅里は女郎ではないぞ」

「女郎だろうと芸者だろうと、吉原の若い者にも町方にもわかりはしません。女郎狩りで吉原へ連れ去られたものと、みな思うでしょう。その間に殿さまが逞《たくま》しいお身体で梅里を組み敷き、たっぷりと悦びを味わわせてやれば、梅里の身と心は殿さまの思いのまま。それから先は大清楼へ戻してやるのも、梅里をお囲いになるのもご自由でございます」

「確かに、荒っぽいな。そんなに巧《うま》くいくか。第一、それはかどわかしだろう。息のかかった者と言っても、わが組下の者にそのような真似はさせられん。無理だ」

「ご懸念にはおよびません。そのようなことに慣れておる玄人《くろうと》を、わたくしが手配いたします。そのような者らが、梅里を女郎狩りから守り、しばし殿さまの下で匿ってやるのでございます。梅里自身が殿さまになびけば、かどわかしではなくなるではございませんか。それとも、あちこちの女と浮名を流されてこられた殿さまが、小生意気な梅里の鼻をへし折る自信がないのでございますか」

「自信はある。自信はあるが……」

「万が一、万が一でございますよ。梅里がどうしてもなびかぬのであれば」

と、惣十郎はいっそう声を忍ばせた。

「こういう手もございますよ」

惣十郎の顔に、一瞬、古着屋の手代とは思えぬ凄みのある影が差した。

「梅里を北の果てへ売り飛ばすのです。わたくしの知り合いに、蝦夷《えぞ》にまで顔の利く女衒《ぜげん》がおります。江戸の女は蝦夷では高く売れます。女衒は喜んで飛び付くでしょう。吉原にいない。どこにも姿が見えない。可哀想《かわいそう》に梅里は、神隠しに遭うのでございます。むろん、殿さまがたっぷりとお楽しみになった後で、よろしいのでございますけれどね」

桜井は火の消えた煙管を玩《もてあそ》びつつ、ずいぶん大胆なことを言う男だ、と惣十郎を見つめ直した。

「はは……殿さまがお決めになることでございます。殿さまのお望みならば、わたくしにはそこまでやる覚悟がございます、と申し上げたいのでございます。わたくしの殿さまへの思いをわかっていただければ、嬉しゅうございます」

「警動は、どうやる」

「簡単でございますよ。わたくしが吉原の会所へ音羽の手入れの願いを訴えます。殿さまは町奉行所のお奉行さまに、近ごろ、音羽町九丁目の風紀の乱れは目に余ると、お話しになればよろしいのでございます」

蝦夷……

その言葉の響きに、桜井は背中が少しぞくぞくするのを覚えた。

同じころ、神田三河町の通りを、五尺（約百五十センチ）少々の岩塊のような短軀にまとった黒羽織をなびかせて、ひとりの士《さむらい》がその怪しげな風貌とは似合わぬのどかな歩みを見せていた。

紺無地の綿袴《めんばかま》の腰に帯びた黒鞘の大刀が、骨太な腰から長くにゅうっと伸びていた。

士は菅笠《すげがさ》をかぶっていたが、菅笠の下の窪んだ眼窩《がんか》に光るぎょろりとした目やひしやげた大きな獅子鼻《ししばな》に一文字に結んだ厚い唇、ごつい顎《あご》の骨、頬骨が張った日に焼けた顔を見た通りかかりは、みなその不気味さに驚き道を開けた。

士の名は返弥陀ノ介《かえりみだのすけ》。公儀役方・御目付配下にある小人《こびと》目付である。

弥陀ノ介は、鎌倉河岸のお濠端《ほりばた》の三河町の一丁目から四丁目へ取っていた。

四丁目から雉子《きじ》町、武家屋敷地と北へ続いて、神田川に昌平《しょうへい》橋と筋違《すじかい》御門橋の架かる八辻ケ原《やつじがはら》。川向こうは外神田である。


三河町四丁目と雉子町の境の横丁に煙草問屋、畳表問屋、味噌漬物問屋、鍋釜問屋、名物どぜうの幟《のぼり》を立てた表店の並ぶ間の路地へ入ると、店賃《たなちん》金二朱から銀十匁《もんめ》くらいの八郎店《はちろうだな》が十数軒、路地の両側と突き当たりの三棟に分かれて建ち並んでいる。

弥陀ノ介は路地を二つ折れ、おかみさんたちが洗濯物をしている井戸端を通った。

おかみさんたちが通りかかった弥陀ノ介に、愛想《あいそ》のいい挨拶を寄越した。

弥陀ノ介が八郎店にき始めたころは、不気味な風貌をおかみさんたちは怖がったが、とき折り現われるこの男の風貌に見慣れ、どうやら同じ八郎店に住む市兵衛さんの知り合いらしいとわかってくると、

「なんたって市兵衛さんのお知り合いだもの。いい人に決まっているよ」

などと言い合い、返弥陀ノ介という名前やあれでお城勤めのなんだかんだと、噂し

合うほどになっていた。

弥陀ノ介は井戸端のおかみさんたちへ、見慣れると存外愛嬌のある笑顔に「洗濯日和《びより》だのう」と愛想を投げ、路地の奥へ進んでいった。

突き当たりを左へ折れれば稲荷《いなり》の祠《ほこら》があって、祠を背に反対の右へ折れた三軒目の店賃銀十匁の貧乏長屋が、弥陀ノ介の友・唐木市兵衛の住まいである。

路地を折れたとき、路地の先に饅頭笠をかぶった墨染《すみぞ》めの僧がひとり佇んでいた。

僧は二間（約三・六メートル）ほどもあろうかと思われる長い杖《つえ》を手にし、市兵衛の店《たな》の腰高障子《こしだか》から中の様子をうかがっているふうに見え、托鉢《たくはつ》らしくなかった。

僧は弥陀ノ介が踏み鳴らす路地のどぶ板の音に振り向いた。

だが、饅頭笠に隠れて顔は認められなかった。

さり気なく市兵衛の店の前を離れ、弥陀ノ介へ小さな黙礼を寄越しつつ脇を通りすぎかかった。

弥陀ノ介が、ふと、僧へ声をかける気になったのは、僧の纏《まと》った墨染めの衣に焚《た》きしめたほのかな香の優雅さと、長身の痩軀より強靱《きょうじん》な刃物を思わせるぴりぴりとした相矛盾する気配が、ともに伝わってきたためだ。

弥陀ノ介は菅笠の縁を僧へ持ち上げ、僧は饅頭笠の陰から見下ろした。

「ご坊、長い杖だのう」

歩みを止め、弥陀ノ介は僧の手にした二間の杖を顎で指した。

平生、町中で必要以上に長い杖を持ち歩くことは、咎《とが》められる場合があった。

僧は饅頭笠の陰から、張りのある穏やかな声で答えた。

「奈良より托鉢の旅をいたし、江戸へまいりました僧でございます。この杖は古《いにしえ》より神奈備《かんなび》として厚い信仰を集めております奈良春日《かすが》山より祭礼のために切り出された樫《かし》でございます。ご神木ゆえわが旅の守護の御標《みしるし》として、この長さのまま携えております。怪しき者ではございません。何とぞ」

「奈良の春日山？」

弥陀ノ介は僧から伝わる優雅と殺伐の二つの気に、束の間、思考が迷った。

「失礼」

僧は弥陀ノ介の迷いに乗じてすっと気配を立ち消し、傍らをすり抜けていった。

弥陀ノ介は続けて訊ねる言葉を失い、僧の歩み去る姿を呆然と見送った。

路地を走る子供らの喚声に「ああ？」と気付いたとき、僧は路地を折れてもう姿が見えなくなっていた。

第二章　蛍雪《けいせつ》の誉《ほまれ》

一

光成館は男児のみの算道専門の私塾であった。

十歳前後から十二歳までの男児が試問をへて入門を許される若衆組と、十四歳ごろから十六歳までの者が二、三年を若衆組で学んだ後、師の窪田広兼に選ばれて進むことのできる登龍組の二つの組で成っていた。

若衆組は、就学期間を三年と決められていた。

だが、師の窪田広兼が秀でた算勘の力を認めれば、二年、まれに一年の若衆組の期間を終えただけで登龍組へ編入となる子がおり、年嵩《としかさ》の子らと机を並べて勘定衆に就《つ》くために必要な算筆の養成と、より高度な算法を学ぶのであった。

師に認められた若衆は、憧憬《しょうけい》の目で見られる。

一方で、三年を限りに登龍組へ進む算勘の力及ばずと判断された若衆は、勉学の道半《なか》ばにして光成館を去らねばならなかった。

光成館に入門を願う者は、多くが算筆能力に優れた公儀勘定方勘定衆に就いた小普《こ》請《ぶ》組《しん》御家人や家禄《かろく》の低い旗本の子らであった。

勘定衆は世襲ではないため、わずかでも先々の望みがある勘定衆に就いてほしいと願う親心が、倅《せがれ》を光成館へ入門させることを熱心にさせた。

光成館は先代の窪田重兼が開いてより、勘定奉行のみならず御執政からも、

「窪田先生の光成館で学んだのであれば……」

と、名を認められていた。

殊《こと》に寛政《かんせい》以後、新しく任に就いた勘定組頭《くみがしら》のうち光成館で養成された者が多く、師・窪田広兼の推薦があれば勘定衆へ就く道が容易に開ける、と評判が広まり、御家人や旗本の子弟の入門希望者は年々増えていた。

のみならず、御家人旗本の子弟以外の男児の入門の道が開かれていたのは、

「算筆の技芸に身分なし」

と、遍《あまね》く算法に優れた者を見出すべきとの重兼と広兼の方針によるものであり、事

実、光成館で優秀な勉学を修め、窪田家の斡旋《あっせん》によって御家人の家と養子縁組を結んで武家となり、後に勘定方へ推薦され、勘定衆に就いた町民がいることも知られていた。

入門のための試問が年に二度、一月と八月の晦日《みそか》に行われる。

試問の結果、入門を許された子らは春秋二班の若衆組に分かれ、九月の重陽《ちょうよう》の節句の翌日、二月の初午《はつうま》の日より光成館での勉学が始まるのであった。

市兵衛は一ヵ月後の、八月晦日の試問に備える藤蔵の個別指南を引き受けたものの、光成館はどのような試問を行い、どのような備えをすればよいのか知らなかった。

窪田家は、光成館入門を志《こころざ》す者の選抜に公正を期すためと、算法指南の技芸を一子相伝としたため、門弟に入門後の勉学の内容を一切《いっさい》口外いたさぬよう戒《いまし》めていた。

しかし市兵衛は、大坂の仲買商や米問屋に寄寓した折り、小僧奉公の子供らが平手代や手代見習いの兄《あに》さんらに、夜食を終えて就寝までの間、習字算盤《そろばん》の勉強を繰《く》りかえし教えこまれる勉強法を、自ら験《ため》し試みてきた。

市兵衛自身も子供らと一緒に算道を稽古《けいこ》したのである。

「数というのは普通の言葉と同じだす。ただ、普通の言葉は物ごとの種別を言い表しますが、数の言葉は物ごとの大きさを言い表すところに違いがありますのや。普通の言葉を使うのに決まりがあるように、数の言葉にも決まりがあります。その決まりを覚えて身に付けるのは、繰りかえしそれを勉強するしかおまへん」

と、市兵衛に算勘を教えた大坂堂島の仲買商が言った。

「算盤は数の言葉を形にして商売相手に伝える便利な道具だす。いちいち紙に書いてたら紙代がかかるし手間もかかる。唐木さん、算盤を繰りかえし勉強し、頭の中で算盤を置けるくらい勉強しなはれ。頭の中で算盤がおけるくらいになったら、剣術の腕も上がりまっせ」

主人は笑って、そんなことを言った。

市兵衛は大坂の商人から算勘を学んだ経験を基《もと》に、試問を推量した。

光成館は勘定方勘定衆に就ける算筆の技芸の習得によって、公儀勘定奉行や高官から評価を得ている私塾である。好事家《こうずか》の和算芸ではなく、幕府江戸表だけでも二百数十万石《ごく》の、台所勘定に携《たずさ》わる実践の算筆力を重視しているはずである。

十歳前後の童子らより選《え》りすぐる試問は、入門して後に実践に役立つ高度な算筆を習得するための、元となる基礎勘定力を問うと思われた。

商家に奉公する子供の、夜間勉強も同じだった。先輩の兄さんらに叱《しか》られながら教わる習字と算盤は、商《あきな》いの実践に必須な技芸なのだ。

このひと月で多くのことが学べるわけではない。剣術の腕も上がりまっせ……

頭の中で算盤がおけるくらいになったら、ならば、
と言った大坂の商人の言葉を手がかりに、市兵衛は同じ勉強手法を想定した。

幸い、藤蔵は父親の清蔵が自慢する通り、算盤は大人に負けぬ腕前だったし、九九の表や八算《はっさん》の表を諳《そら》んじているのは言うまでもなく、頭の中に算盤をおいて加減の暗算ならできた。

「藤蔵さん、試問の日までおよそひと月、剣術の試合に臨《のぞ》む鍛錬《たんれん》稽古と思ってください。剣術の稽古に素振りは欠かせません。この三十日、頭の中の素振りに多くのときをかけます。わたしが加減のみならず、掛ける算、割る算の問いを出します。藤蔵さんは頭の中に算盤をおいて勘定してください。本物の算盤は頭の算盤で勘定した答えをおくときにのみ使うのです」

藤蔵は鼻梁《びりょう》に架《か》かった眼鏡《めがね》を人差し指で上げ、市兵衛にこくりと頷《うなず》いた。

市兵衛は神田雉子町から音羽まで通いとし、勉強は朝五ツ（午前八時）から夕刻七ツ（午後四時）。その間に昼の食事、勉強が終わる七ツに夕食が用意された。

給金は八月晦日の光成館試問の日までの個別指南で五両。藤蔵が望み通り光成館入

門が許された場合は褒賞としてそのうえに、「五両をご用意させていただきます」と、清蔵は提示した。

江戸だけでも百数十校はある手習所の師匠への月謝はなく、代わりに習い始める折りに納める束脩《そくしゅう》のほかに、盆暮、五節句に付届けする謝礼があって、月謝に直せば多くてひとり二百文《もん》ほどだった。

それに較べれば市兵衛の給金五両は個別指南とは言え破格だった。

江戸の場末音羽の、岡場所を中心にした繁盛《はんじょう》ぶりがうかがえた。

藤蔵へ出す問い作りに、市兵衛は雇われた日と次の日の一昼夜と半日をかけた。

実践に必要な勘定を考慮し、一の桁《けた》から徳川《とくがわ》幕府の総石高に匹敵するおよそ六、七百万の桁の数に到る加算と減算、扶持米《ふちまい》男扶持五合、女扶持三合に沿った小さな数から四公六民の年貢と家臣の石高にかかわる数の、掛け算、割り算の問いを作った。

また、融資、運上金、手形などの利息勘定に必要な、掛けて割れる算、つまり一よりも小数《こすう》の掛け算。金貨、銀貨、銭《ぜに》相場の両替にまつわる掛け算と割り算など、商いにかかわる想定に基づいた問いも含め、拵《こしら》えた問いは千を超えた。

それらの頭の中の算盤勘定を繰りかえし徹底して行わせ、藤蔵がこなしてしまえば次の千問を拵えてやらせるのだ。

用意された勉強部屋は、最初の日に通された内証《ないしょう》の奥の、戸棚と床の間が並ぶ八畳の座敷だった。山茶花《さざんか》の垣根に囲われた裏庭と、垣根に沿って南北に延びる九丁目の西裏通りの先に、櫻木町の表店や白い漆喰《しっくい》の土蔵などが見渡せる。

藤蔵の眼鏡の奥のあどけない目が、不安げにも、好奇心にも輝いていた。

八月一日、青空の広がる八朔《はっさく》の日であった。

八朔は古来、田の実節句と称し、新穀の実りを祝う日である。

垣根の上を雀《すずめ》が飛び交《か》い、見世の方からは男や女の小さなざわめきが聞こえている。

「では藤蔵さん、よろしいか」

「はい先生。よろしくお願いいたします」

市兵衛と藤蔵の勉強が始まった。

始めてみると、藤蔵の飲みこみの速さがすぐにわかった。

「願いましては……」

と、市兵衛が上方《かみがた》商人式に読み上げる数を、藤蔵はきゅっと目を閉じ、唇を結んで文机《ふづくえ》の上で算盤の珠《たま》をはじく指の仕種《しぐさ》をして、懸命に勘定を始めるのだった。

十七桁の算盤は文机の傍《かたわ》らに置いてある。

答えが出ると、算盤を取り、ち、ち、ち、と珠をおいて答えを言う。答えが合っていれば次へいく。間違えれば正しい答えが出るまで繰りかえさせる。

読み上げは加算と減算を織り交ぜ十問ずつ行い、その後、十問の中で間違えたり読み上げに追い着かなかった問いを再び読み上げた。

どうしてもできない問いは、最後にゆっくりと読み上げ、藤蔵ができるまで繰りかえす。それが小僧奉公の子供らが先輩の兄さんから教わる算盤の勉強法だった。

最初に取りかかった万の桁までの加算と減算を、藤蔵は頭の中で算盤をおく勘定にたちまち慣れ、白い頰《ほお》をほんのりと紅潮させつつ一問も間違えずにこなしていった。

十万から百万の桁になって、桁の大きさに不慣れなために間違いが出始め、市兵衛の読み上げる速さにも追い着かなくなってきた。

間違いは、加算よりも減算に多く出た。

しかし、藤蔵は賢い子供だった。二度目の読み上げでほぼ正しい答えを導き出し、市兵衛を感心させた。これなら、桁の大きさに慣れれば市兵衛の拵えた問いをすぐにこなしてしまうに違いなかった。

加算減算の後は、掛ける算、割る算の勘定に取り組ませる。

掛ける算と割る算は、一問読み上げる毎《ごと》に答えを算盤におかせ、間違えるとやり直しを繰りかえした。

問いの出し方も、数を読み上げるばかりではなく、

「慶長《けいちょう》小判と銀の両替相場は公儀の取り決めでは一両が六十匁でした。今、わたしたちの使う文政《ぶんせい》小判の相場を四十七匁とすれば、手数料が三分《ぶ》なら、慶長小判百枚は文政小判何枚に両替できますか。一両四分十六朱《しゅ》の、分、朱の桁までを答えとします」

「そのうち、分、朱の金貨をのぞいた残りの小判を、一両のただ今の銭相場を七千四百文、両替手数料の打歩《うちぶ》を一両につき十文として銭に両替した場合、何文になりますか」

「その銭を三月《みつき》一割五分の利息で人に貸したとすれば、三月後、何両何分何朱、銭何文になりますか」

と、素朴な実践の場を想定した問いにし、導き出した答えにかかわりのある問いを続いて解かせるという、それも商家の小僧らが先輩の兄さんにやらされていた手法を市兵衛は取り入れた。

小僧の勉強との違いは、それをすべて諳んじてやらせるのである。間違いも増え、ときもかかった。

にもかかわらず、籐蔵は泣き言を言わなかった。

素直で辛抱強い子であった。

初日は八ツ（午後二時）をすぎたころ、早めに切り上げた。

藤蔵は疲れ切って文机の前で大の字になり、九歳の薄い胸をはずませた。

見世の方からは午後になって上がった客の宴《うたげ》が始まっているらしく、三味線《しやみせん》や太鼓が鳴り、男と女のさんざめく賑《にぎ》わいが聞こえてくる。

「藤蔵さん、夕餉《ゆうげ》までにはまだ間があります。少し歩きましょう。散策は頭を休ませすっきりさせる効能があるのです。わたしが学んでいた興福寺では、僧の廻峯行《かいほうぎよう》は大事な日課のひとつでした。わたしにこの辺りを案内してください」

藤蔵は嬉しそうに跳ね起き、

「先生、ご案内します」

と、先に縁側を下りて、裏庭の山茶花の垣根の枝折戸《しおりど》から西裏通りへ走り出た。

裏通りを九丁目から櫻木町を通って、西日がまぶしい神田上水の堤へ抜けた。

藤蔵に従い、神田上水の堤道を目白の崖下《がけした》の大洗堰へたどった。

二人がそぞろに歩む川向こうの北西の彼方《かなた》に、西日を浴びて金色に輝く早稲田の田畑や高田村の台地、村の家々や木々の繁る森の、息を飲むほどに美しい風景が果てしなく広がっていた。

藤蔵は枯れ木を拾って堤端の草むらを騒がせながら、勉強から解放されて童子らしい伸びやかさがあふれていた。

「あれは穴八幡《あなはちまん》です。もっと向こうは高田の馬場の杜《もり》です」

藤蔵が立ち止まり、枯れ木で彼方の森陰に見える社《やしろ》の屋根を指して言った。

市兵衛は藤蔵と堤端に並び、大きく息を吸った。

澄み渡った果てしない青空に、高く空を渡っていく鳥影が仰《あお》ぎ見られた。

「藤蔵さん、今日のような勉強を、これから一ヵ月、続けていけますか」

市兵衛は藤蔵を見下ろした。

「わかりません」

藤蔵の横顔がぽつんと言った。

それはそうだろう。十歳に満たない子供には辛《つら》い勉強に違いなかった。

「けどわたしは、光成館へ入門したいんです。おっ母さんやお歌姉さんは、いやなら無理をしなくていいんだよ、と言ってくれるけれど、お父っつあんがあんなに一生懸命なのに、いやだって言うのは可哀想です。苦しくても、わたしは我慢します」

横顔を川向こうへ向けたまま、藤蔵は続けた。

「そうか。えらいな、とてもえらい……」

市兵衛は十歳のころの自分を、ぼんやりと追想した。

あのころ市兵衛は、優しかった父・片岡賢斎《かたおかけんさい》の下《もと》、諏訪《すわ》坂の片岡家の屋敷で何不自由なく暮らしていた。

旗本千五百石の家督を代々継《つ》ぎ、公儀目付職にあった片岡賢斎が、片岡家に足軽として仕えていた唐木忠左衛門《ちゆうざえもん》の娘・市枝《いちえ》を後添えに迎えたとき、すでに四十をすぎていた。三年後、母親・市枝の命と引き換えに生まれたのが市兵衛だった。

市兵衛は才蔵《さいぞう》、と名付けられた。

「才蔵……」

屋敷のどこかで呼ぶ父の慈愛に満ちた声を、市兵衛は今でもはっきり思い出せる。

父の面影《おもかげ》はもう薄れ、途切れ途切れの残像になってしまっていてもだ。

ときは永遠に変わることなく、このまま続くものと思っていられた日々だった。

片岡家はすでに十五歳年の離れた兄・信正《のぶまさ》が家督を継ぎ、賢斎は表より身を引いていた。

市兵衛が十三歳の年、その父・賢斎が亡くなった。

賢斎の死後、市兵衛は祖父・唐木忠左衛門の手によって元服を果たし、唐木市兵衛と名を改めた。そしてその冬、片岡の屋敷を捨て、ひとり上方へ旅立ったのである。

二十余年の歳月がすぎた後、公儀十人目付筆頭職にある兄・信正に、なぜ片岡の家を捨てた、と訊《たず》ねられた。

「わかりません」

と、市兵衛にはこの藤蔵のように答えるしかなかった。

あのころは何もかもが、己《おのれ》自身すら何者かがわからなかった。あのとき自分は屋敷を出なければならなかった。片岡の屋敷が自分のいるべき場所ではなかった。

それだけが確かだったし、今もそれは変わらないのだ。

「橋太郎《はしたろう》さあああん」

藤蔵の甲高《かんだか》い呼び声が、市兵衛の物思いを破った。

神田上水の西側を並んで流れる江戸川に関口橋が架かっていて、橋を関口水道町の方から渡ってくる若衆髷《わかしゅわげ》の男に藤蔵は枯れ木を振った。

男は縞の長着を裾端折《すそばしょ》りにして、肩には虫取り網を先に付けた竿《さお》を担《かつ》いでいた。

橋板をばたばたと鳴らす白くむっちりとした足を止め、藤蔵の呼び声にきょとんとした表情を寄越した。

藤蔵を認め、長く太い腕を天にかざした仕種にぎこちなさが見えた。

遠目にも肥満した大柄な体軀《たいく》がわかった。

「何か捕れたかい」

橋太郎はきょとんとした顔を左右に振った。

それから何も言わぬまま、江戸川堤を下流の方へ走っていった。

「あの人は櫻木町の篠崎《しのざき》の兄さんです。虫が大好きで、新しい綺麗《きれい》な虫を探していつも江戸川端を、ああやって歩き廻《まわ》っているんです。変わっているけど、心の純粋な人なんです」

夏や秋には、虫売りの行商もいる。

「虫を捕って売っているのですか」

「いえ。ただ集めて飾っているだけだそうです。よくは知りませんけれど」

藤蔵と市兵衛は並んで大洗堰の方へ、再び歩み始めた。

「蝶《ちょう》は蝶、鍬形《くわがた》は鍬形、と別々に、色や形や大きさにも分けて、いろんな虫を集めて飾っているそうです」

「藤蔵さんは、見せてもらったことがありますか」

「ありません。橋太郎さんは篠崎の蔵の屋根裏部屋で暮らしていて、そこにはお父っつあんもおっ母さんも入れないんです。その屋根裏部屋に箱に入れた虫を綺麗に並べて、そんな箱が一杯飾ってあると聞きました。篠崎は菓子所だから、菓子を入れる綺麗な木箱が沢山《たくさん》あります」

「蔵の屋根裏部屋で、ひとり……」

「はい。虫捕りのとき以外は、ずっとそこで暮らしているんです。ご飯はおっ母さんが運んでくるし、蔵の脇には雪隠《せっちん》も井戸もありますから。うちからも見えますよ。裏通りを櫻木町へいって目白坂へ曲がる角に白い土蔵が建っています。そこが篠崎のお店で、その土蔵の屋根裏部屋です」

ああ、あれか——市兵衛は西裏通りの先の櫻木町の町中に建つ白壁の蔵と、窓辺に佇《たたず》んでいた人影を思い出した。

「わかります。窓の戸が開いていて、そこに人が立っていましたね」

「そうですそうです。それがさっきの橋太郎さんです。窓辺に立って、じっと外を見ていることがよくあるんです」

「友だちは、いないのでしょうね」

市兵衛は呟《つぶや》き、神田上水と江戸川が並ぶ流れの彼方へ見かえった。

二

藤蔵は、大きな数の加算減算にすぐに慣れ、掛ける算、割る算の暗算でも、一日目より二日目、二日目より三日目……と市兵衛が目を見張るほど力を付けた。

勉強が始まって五日目から、市兵衛は宿題を出すことにした。

藤蔵の能力の高さからすれば、勘定の単調な稽古ばかりでなく、算学の問いを解かせるのがより効果があると思われた。

午後の客で大清楼が賑わう昼八ツに勘定の稽古を切り上げ、疲れを癒《いや》す散策に出かけた。

その日は早稲田まで足を延ばして畦道《あぜみち》をゆきながら、市兵衛はまるで謎かけ遊びのように問いを出した。

「藤蔵さん、今日から少し新しい勉強を始めてみましょう」

部屋にこもって繰りかえす単調な勘定の稽古に飽《あ》きていた藤蔵は、子供らしい好奇心を目に浮かべた。

「三角にはいろんな形があります。三つの辺が同じ長さの三角、二つの辺だけが同じ長さの三角、三つの辺とも違う長さの三角、わかりますね」

「はい、わかります」

「それから三角のひとつの角が直角の三角があります。例えば、戸締まりをする際のつっかえ棒、戸の縁と敷居と斜めに渡したつっかえ棒で直角の三角になっています。家を建てるとき、家が丈夫になるように柱と柱の間に筋交《すじか》いという斜めの木材を入れます。あれも直角の三角です。見た覚えがあるでしょう」

「おっ母さんが勝手口の戸につっかえ棒をしていますし、お向かいの住吉屋さんのお店の建て増しのとき、柱と柱の間にばつ印みたいな柱が入っていました」

「そうです。三角は物の形をとても丈夫に保つ力があるのです。殊に直角の三角はわたしたちの暮らしに案外身近なのです。なぜなら、わたしたち人も住む家も地面に対して直角に立っているからです。地面に対する直角を別に鉛直《えんちょく》とも言います。覚えていてください」

「えんちょく、鉛直……」

と、藤蔵は繰りかえした。

「次に、そっくり同じ形だけれど大きさだけが違う形があります。相似ると書く形です。例えば丸は、大きくても小さくてもみな相似る形です。難しいでしょうがこれも覚えていてください」

　藤蔵は唇をきゅっと結んで頷いた。

「もちろん、三角にも相似る三角があります。わかりやすくするために、三角を例にとって説明します。相似る形で大きさの違う二つの三角を思い浮かべてください。ひとつの三角のそれぞれの辺の長さの割合は、もうひとつの三角のそれぞれの辺の長さの割合と同じになるのです。ひとつの三角の一番長い辺が一番短い辺の倍の長さなら、大きさの違う相似る三角でも、一番長い辺は一番短い辺の倍の長さなのです」

　二人がゆく畦道の道端に、古びた仏堂が建っていた。踏段があって格子《こうし》の両開きの戸が閉まっている。

「藤蔵さん、少し休みましょう」

　市兵衛がその仏堂の踏段に腰を下ろし、踏段の隣《となり》を指差すと、藤蔵がそこにちょこんとかけた。

「辺の長さが同じなのではなく相似る形の場合は辺の長さの、割合が同じなのです。わたしの言っていることが、理解できますか」

　できます――と、藤蔵はまた頷いた。

「うん、賢いね。ではここからが問いですよ。あそこに楠《くすのき》が見えます」

畦道の左右に稲穂が広がっていて、稲穂の向こうの小高くなった丘陵の上に、大きな楠が一本立っていた。

「あの大きな楠の高さを計る方法を、藤蔵さんに考えてほしいのです。楠の根元までの長さなら長い縄を使ったりして計ることができるとします。しかし楠の天辺《てっぺん》までは怖くて登れません。楠に近付いても離れても、それは自由です。どうすればあの楠の高さが計れるでしょう。それが問いです」

藤蔵は、ぽかんと楠を眺めた。

楠の彼方に、目白の崖下の水神社《すいじんしゃ》の屋根が見えた。

楠の高い枝から、二羽の烏《からす》が稲穂の実った田圃《たんぼ》の上空へ舞い上がった。

藤蔵の無心に考える仕種が可愛《かわい》らしい。やがて、

「先生、手がかりはないのですか」

と、鼻梁に架かる眼鏡を指先で持ち上げ、市兵衛へ向いた。

「あります。楠は地面に直角、つまり鉛直に空へ伸びています。直角のそれも二辺が同じ長さの三角を手がかりにしてください。それと相似る形、この問いでは相似る二つの三角の辺の長さの割合は、同じであることも手がかりです」

それから市兵衛は、襟元《えりもと》に挟んでいた赤い折紙を摘《つま》み出した。

「この折紙は真四角です。真四角のひとつの辺を方面《ほうめん》と算学では言います。これを使って楠の高さを計る方法を考えるのです」

藤蔵に折紙を渡し、言った。

「実際に楠の高さを計る必要はありません。方法を考えるのが問いです。この問いを宿題とします。今晩考えて、方法がわかったら明日、聞かせてください」

藤蔵は赤い折紙を、不思議そうに見ていた。

「それからこれは、さっき言ったいろんな三角の形です。相似る二つの形の辺の長さの割合が同じということについても、どういう意味か書いておきました」

市兵衛はさらに一枚、折り畳んだ半紙を懐から出し、藤蔵へ手渡した。

昨夜、藤蔵のために物差《ものさし》を使って三角のそれぞれの形をできるだけ正確に描き、相似る大きさの違う二つの三角の、比の考え方もわかりやすく説いておいた。

「どうしてもわからなければ、それでちっとも構いません。これは『塵劫記《じんこうき》』という算学の本に出ている問いです。藤蔵さんが光成館へ入門したら、おそらく読む本です。わからないのが当たり前です。しかし、考えることが大事なのです。わからないときはともに、どうしたら計れるか、考えましょう。さあ、いきますよ」

市兵衛は半紙をのぞきこんでいる藤蔵の痩《や》せた背中を押し、立ち上がった。

「この近くに上水を渡る橋はありますか」

「竜隠庵《りゆうげんあん》前に駒留橋《こまどめ》が架かっています。あの楠の向こうです。この辺では駒留橋が一番近いです。駒留橋を渡り、竜隠庵の脇の胸突《むなつき》坂を上って関口臺町へ出て、目白坂を下れば、櫻木町と音羽裏通りの辻へゆき当たります」

「わかりました。ではその道を……」

市兵衛と藤蔵は、畦道から早稲田の黄金《こがね》色の稲穂が垂れる田圃の中の道を取った。


翌朝、藤蔵は笑顔で市兵衛を迎えた。

藤蔵の文机には、昨日市兵衛が渡した三角の種別や相似る二つの形の比を説いた半紙と、赤い折紙を三角に二つ折りして置いてあった。

勉強部屋の机に着いて「お早うございます」と交わすや否《いな》や、

「先生、宿題ができました」

と、藤蔵は三角の折紙の両端を、角《かど》を頭に両手の指で摘んで差し出した。

「できましたか。では勘定の稽古を始める前にうかがいましょう」

市兵衛は、に、と微笑《ほほえ》んだ。

藤蔵は得意げな表情を浮かべた。

「まず、わたしがまっすぐ立った目の高さまでを計ります」

藤蔵は自分の背丈を「四尺三寸（約百三十センチ）ですから、目までの高さは……」と、およその高さを言った。

「それから先生の折紙をこうして三角に折ります。すると、三角の頭の角は真四角の角と同じですから直角です。直角を挟んだ両方の辺は真四角の方面と同じですから長さが同じです。ですからこの三角は、二つの辺の長さが同じで、同じ辺に挟まれた角が直角の三角になります。そうですよね、先生」

「その通りです」

はい、次に――と、藤蔵の言葉付きが市兵衛に少し似てきた。

「直角を挟むひとつの辺を地面と鉛直にし、もうひとつの辺を水平に、わたしがまっすぐに立って目の高さに合わせます。そうしてそこから、直角の三角の斜辺のずうっと延びた先に高さを計る楠の天辺がちょうどに見えるまで、わたしが前にいったり後ろへ退《ひ》いたりして立ちます。わたしの立ったところから楠の根元までの長さを計ります。木に登らなくていいのですから、それなら計れます」

藤蔵は市兵衛を見上げ、指先で眼鏡を直した。

「木の根元までのその長さと、わたしの目の高さまでを加えた長さが楠の高さです」

「ふむ。なぜですか」

「この折紙の三角と、わたしの目と楠の幹《みき》の目の高さのところ、そこから鉛直に立つ楠の天辺までが、相似る三角になるためです。直角を挟んだ二つの辺が同じ長さの三角ですから、わたしと楠までの長さと、鉛直の楠のわたしの目の高さのところから天辺までが同じになります。ですから、わたしと木の根元までの長さと、わたしの目の高さまでを加えた長さが楠の高さです」

市兵衛は大きく、ゆっくり頷いた。

「藤蔵さん、とてもよくできました。見事です。驚きました。じつはわたしは今日も藤蔵さんに宿題を持ってきたのですが」

そう言って胸元を押さえた。

「たぶん、昨日の宿題はできていないだろうな、と思っていたのです」

「直角の二辺が同じ長さの三角と相似る形の辺の長さの割合が同じ、という手がかりを考えてこの折紙を見ていたら、ふっと頭に浮かんだんです。折紙を折った三角とわたしの目の場所と鉛直に立っている楠をつないでできる三角が、相似る三角になればいいんだって。それでどうしたら同じ三角にできるだろうって考えたら、すぐに気付きました」

そう言った藤蔵の顔付きが、心なしか昨日より大人びて見えた。

脳裡《のうり》にひらめいた形が、藤蔵に己自身の力を気付かせ始めているのだ。見えなかったものが突然見えた不思議さが、喜びと新しい好奇を藤蔵の中に生み出したのだ。

それから「願いましては……」と、始まったその朝の暗算の稽古にも身が入った。

大清楼の用意する昼食は母親の稲が勉強部屋に二つの膳を運んできて、九ツ（午後零時）の時の鐘を聞いてから藤蔵と一緒に摂《と》った。

稲が給仕をしてくれる。七ツすぎに始まる夕餉《ゆうげ》も同じである。

そのころはまた、昼からの客が上がって大清楼の二階座敷のそこここで宴などが始まり、三味線太鼓に嬌声《きょうせい》の雑《ま》じった料理茶屋の賑やかさが始まる刻限でもある。

昼食が済んでまた半刻（一時間）、「願いましては」と勉強をこなし、その日も散策に出かける八ツ（午後二時）になった。

藤蔵は早く散策に出かけ、今日の宿題を知りたがってそわそわした。

「先生、早く早く」

と、先に庭へ下りて市兵衛を急《せ》かせた。

その日は、神田上水の堤道を目白の崖下から昨日よりも遠く遡《さかのぼ》って田島《たじま》の田圃道をたどり、面影《おもかげ》橋まで足を延ばした。

面影橋は古い反《そ》り橋で、橋を渡って高田への坂を上れば高田に馬場のある千里ヶ原《せんりがはら》が開けている。馬場は高田の調馬と言われ、

「八月十五日は流鏑馬《やぶさめ》の奉納があって、とても勇ましいんです。江戸から大勢見物人がきて賑やかです。今年は勉強があるから見にこられないな」

と、藤蔵は橋の手摺《てすり》へ両肘《ひじ》を乗せて上流を眺めやりつつ言った。

「それとね、夏は川筋のこの辺りは蛍《ほたる》狩りで評判なんです。小っちゃいころ、お歌姉さんに負《お》ぶわれて蛍狩りにきたことを覚えています。近ごろは、芸者の勤めが忙しくなってこられないけれど」

「お歌さんは大清楼の家の人なのに、芸者勤めをしているのですか」

「お父っつあんもおっ母さんも駄目だって止めたけど、お歌姉さんは踊りや長唄や三味線のお稽古事が得意で、少しは家の仕事の助けになるからやらせておくれって聞かなかったんです。それで、じゃあ勤めるならきちんと勤めないといけないよ、ってお父っつあんが許したんです。姉さん、梅里って名前で家のお座敷だけに上がっていたんですけど、評判になっちゃって……」

「お歌さんだと、そりゃあ評判になるでしょうね」

市兵衛は手摺に背を凭《もた》せかけ、腕を組んだ。

大清楼へきた最初の日、化粧っ気がなく手拭《てぬぐい》を姉さんかぶりにした下女か端女《はしため》の装いで現われたときでも、歌は見惚《みほ》れるほど美しかった。

あの日から歌を一度も見かけなかったが、芸者勤めがあったからだったか、と市兵衛は合点《がてん》がいった。

「おっ母さんは、お歌姉さんを連れてうちに住みこみで働いていた仲居だったんです。お父っつぁんはお歌姉さんを実の娘のように可愛がっていて、お父っつぁんとおっ母さんの話があったとき、おっ母さんはお父っつぁんなら一緒になってもお歌姉さんが辛《つら》い思いをしなくて済むだろうと思って、後添えに入ったと聞きました。で、わたしが生まれたんです」

市兵衛は藤蔵のませた口ぶりに、つい吹き出した。

「おっ母さんは芝のお武家の奥女中勤めをしていました。お歌姉さんはお屋敷の若さまとの間に生まれた子なんだそうです。身分が違うから、一緒にはなれなかったんです。でもお歌姉さんが男の子だったら、おっ母さんはきっと、お屋敷でずうっと暮らすことになっていたでしょうけれど」

「藤蔵さんは子供なのに、よく知っていますね」

「お父っつぁんとおっ母さんは何も話してくれませんが、お歌姉さんが、わたしが男に生まれていたら藤蔵はこの世にいなかったんだから感謝するんだよ、ってわたしをからかうんです。でも、お歌姉さんはとても優しくて、お父っつあんとおっ母さん思いなんですよ」

「藤蔵さんのお父っつあんとおっ母さんの仲もいいしね」

市兵衛が藤蔵を見下ろし、くだけた口調で言い添えると、藤蔵は「うん」と嬉しそうに頷いた。

ゆるやかにくねる川筋に午後の日差しが降り、川面《かわも》をかいつぶりが泳いでいる。

「ところで先生、今日の宿題をどうぞ」

ふむ――と、市兵衛は藤蔵と同じ川上へ向き直った。

「藤蔵さん、あそこの竹竿が見えますか」

市兵衛が指差した川中に、鮎《あゆ》捕りか何かの網をかけるのか、置き忘れらしき竹竿が一本、ぽつんと立っていた。

「はい、見えます」

面影橋の上流の田島橋川下に大岩があって、そこは、一枚岩の鮎として、鮎捕りの評判が高い江戸近郊の名所のひとつだった。

「今日の宿題は、あの竹竿を使って川の深さを計る方法です。水面に出ているところは、竿の長さであれ川幅であれ、計れるものとします。竿は抜けませんが、自在に動かすことはできるものとします。ただし、川へもぐって計る、というのは駄目です。ここまではいいですか」

「え、ええ……」

　藤蔵は見当がつかない顔をしている。

「手がかりは昨日の宿題と同じ、直角のある三角と、相似る大きさの違う二つの三角の辺の長さの割合が同じという、比の考えを使います。算学では直角のある三角の、直角を挟む短い方の辺を勾《こう》、長い方の辺を股《こ》、斜辺を弦《げん》と言い、直角の三角を勾股弦とも呼びます」

　ぽかんとした顔を頷かせた。

「さらにこの問いでは、円を使うことも手がかりになります。円の芯《しん》を通る一番長い径を円径、半円を弓形になぞらえ、円径の半分を矢《や》（半径）と言います。藤蔵さん、円径の両端より円弧のどこか自在に一点を取って線で結ぶと、円径とその二本の線で三角ができますね」

「はい。できます」

　藤蔵は目を閉じて頭に思い描き、そう答えた。

「さらにもうひとつの手がかり、円弧の自在に選んだどの一点であっても円径の両端より結んでできる三角の角は必ず直角になります。これを使います」

「直角に？　どうしてですか」

と、藤蔵が目を開けた。

「それは遠い昔、算学の心得ある人々が見付け出した動かし得ぬ真実のひとつなのです。例えば、三角の辺の長さを三と四と五の割合に取ると、その三角は必ず直角のある三角になります。これも昔の人々が見付け出した動かし得ぬ真実です。正確な直角を作るため、三、四、五の辺の割合の三角を大工職人は使っていますし、算法はそれらの真実に基《もと》づいて決められているのです」

市兵衛は懐からまた二つ折りの半紙を取り出した。

「今言った手がかりが、全部ここに書き留めてあります。これを読んで覚えてください。それからこの問いは少々難しいので、考えやすいように問いを図に示しておきました。川に立つ竿を断面にした図です。この線が川底、これが水面、竿がこのように水面から突き出して立っています。水面下から底に突き立っているところまでの竿の長さが、この問いで求める川の深さになりますね」

描いてあるのはそれだけである。

藤蔵は半紙を開いてじっと睨んだ。

「先生、水面から上の竿の長さは計れるのですね」

と、藤蔵は半紙を睨んだまま訊ねた。

「計れます。竿を川底から抜かずに動かすなら、水面上に見えている部分をどれだけ動かしたか、それも計ることができるとします」

「円の線のどこかの点と円径の両端を結んだ直角の三角が、手がかりになるのですね」

半紙から顔を上げて確認した。

「そうです。昨日も言いました。解けなくてもいいのです。こうしてみたらどうだ、ああしてみたらどうだ、と考えることが大事なのです」

「はい。でも、解けるような気がします」

藤蔵はそう言って鼻梁に架かった眼鏡を指先で直し、半紙を二つ折りにして小さな襟元に仕舞った。その仕種は、問いを解くための手がかりをすでに頭の中でつかみかけているふうだった。

市兵衛は上水の川上から川下へ、頭を廻《めぐ》らした。

「藤蔵さん、そろそろ戻りましょう」

「先生、高田の馬場へ廻って戻りましょう。今なら、流鏑馬の稽古が見られるかもしれません。ご案内します」

藤蔵は初々《ういうい》しく、しかも好奇心にあふれている。父親の清蔵が倅を自慢に思うのも無理はなかった。

市兵衛と藤蔵は笑みを交わし、面影橋を渡った。

三

しかし、藤蔵がその宿題を解くのに二日がかかった。

翌日の朝、「もう一日ください」と言ったが、できません、とは言わなかった。

翌々日の朝、文机に宿題の答えらしき紙を置いて、市兵衛を待っていた。

紙は宿題の問いを書き写したもので、川底と水面、突き立った竿の図が描かれ、さらに朱筆で、川底に竿が刺さる一点を芯にし、芯から竿の先端までを矢にして円を描き足していた。

ぐるりと描いた円は、川底から竿の先端までの倍の長さを円径にしているのが一目《いちもく》瞭然《りょうぜん》だった。

そのうえに、朱の円が水面の線と交わる点と竿の先端を結ぶ線、竿の突き立った川底の点からさらにまっすぐ真下へ延ばした線、その延ばした線がぐるりと描いた朱の円と交わる点と、円と水面の線が交わる点を結んだ三つの線が引かれてあった。

「問いが解けたようですね」

「できました。初めはすぐに解けると思ったのですが、手がかりの円をどう使ったらいいのかがわからず、ずいぶん迷ったのです」

市兵衛は藤蔵と文机を挟んで向き合い、藤蔵の描いた図に見入った。そして、

「藤蔵さん、うかがいましょう」

と、微笑んだ。

藤蔵は白い顔を赤らめた。

「初めに水面より上の竿の長さを計ります。次に、竿を川底に立っている地点から動かさずに、先端が水面に触れるところまで倒します。すると、初めに立っていた竿の先端と水面までを勾、倒した竿の先端が水面に触れた点と竿が初めに立っていた水面の点までを股、初めの先端の点と水面に触れた点をつないだ線を弦にした勾股弦ができます。これがそれです。股に当たる水面の長さを計ります」

藤蔵は図のまっすぐ立った竿と水面、朱の円が水面と交わる点と竿の先端を結んだ

三角を指先で示した。

「それから、竿が川底の突き立っている点を芯にし、竿の長さの矢（半径）で川底の真下まで円をぐるりと描きます。このようにです」

藤蔵の指が朱の円弧をなぞった。

「最初に立っていた竿の川底の真下へ、線をまっすぐ引き延ばします」

指が竿の真下に描き足した朱の線をたどり、円弧と交わった。

「この円は竿の長さを矢にして描いたのですから、竿の倍の長さを円径にした円になります。円径の両端から円と水面の交わる点をつないで、ここにも大きな三角ができます。教えていただいた手がかりでは、円径の両端と円弧のどこかの一点をつないでできる三角の円弧の一点の角は直角。そうですよね、先生」

「その通り、直角です」

「ということは、大きな三角は、水面の上の小さな三角の弦に当たる線を勾とし、円が竿を川底の真下へ引き延ばした線と交わる点と水面と交わる点をつないだ線を股とし、竿の倍の長さ、すなわち円径を弦にした直角のある三角になります。この大きな三角と初めの小さな三角は相似る三角です」

二つの三角はひとつの角が重なり、もうひとつの角が直角のため、最後の角も同じになる。

ゆえに――と、藤蔵は大きさの違う相似る形の理由をあげた。

「そしてもうひとつ、小さな三角の股に当たる線を勾とし、竿が初めに立っている水面と交わる点から、竿を真下へ引き延ばした線が円に交わる点までを股とし、大きな三角の股を弦に当たる線にした中《ちゅう》の大きさの三角ができ、これも相似る三角になっています。ですから大中小、相似る三角の辺の長さの割合が同じ比を使い……」

藤蔵の説明が続いた。

「見事です。感服しました」

市兵衛は心から言った。

藤蔵はにこにこと屈託なく笑って、待ち遠しげに言うほどだった。

「先生、今日の宿題も用意してありますか」

「大丈夫。用意してあります。散歩のときを楽しみにしていてください」

と、そんなふうに市兵衛と藤蔵の算学の個別指南の日が続いてまた三日がたち、それは八月の中旬になったある昼さがりだった。

その日、昼前から大清楼の二階では宴が行われていた。

管弦の音に雑じって男らの賑やかな声が勉強の部屋まで聞こえてきた。

中には雄叫《おたけ》びを上げる者がおり、それを真似て次々と雄叫びが起こったりなどして、問いを読み上げる市兵衛の声もしばしば遮《さえぎ》られた。

「これぐらいの騒がしさでも、勘定ならできるはずです。大坂の商家ではもっとうるさい商いのやり取りの中で手代らは算盤をはじき、簡単に暗算をしておりました。これがお家の稼業なのですから、我慢しましょう。では集中していきますよ。願いましては……」

昼の九ツになって、いつものように母親の稲が昼食の膳を運んできた。

稲の給仕で昼食が始まってからも、二階の騒ぎは収まる気配はなかった。

むしろときのたつのに従って乱雑さがいっそう高じ、短い間を置いて繰りかえされる雄叫びが、しつこくて煩《わずら》わしかった。

とき折り、二階の床を荒々しく踏み鳴らす音さえ響いた。

裏通りをゆく人が、宴席の雄叫びに驚いて大清楼の二階をふり仰《あお》いでいた。

「おっ母さん、あんなに騒いで、どういうお客さんなんだい」

藤蔵がご飯をいただきながら訊《き》いた。

「ご免よ。お勉強の邪魔になったかい。ほら、鉄砲坂の桜井さまだよ。気の荒い組の方々も大勢ご一緒で、五丁目の美濃屋さんのご接待でね。でももう間もなく終わるから、あと少し我慢しておくれ」

「美濃屋さんなら、手代の惣十郎という人だね」

「そう。美濃屋の惣十郎さんを知っているのかい」

「知ってるよ。桜井さまが見えるときはあの人がいつも一緒だもの。お歌姉さんがいけ好かないって言ってた」

「まあ、お客さまのことをそんなふうに言うもんじゃありません。先生、騒がしくて申しわけございません。ごひいきにしていただいているご近所の、御持筒組の方々なんですよ。普段は大人しいのですけれど」

「どうぞ、お気になさらずに。あれぐらいの騒ぎ、大したことはありません。朝から御持筒組の侍方も、とても楽しそうな……」

と笑って見せたものの、宴席の騒ぎぶりは度がすぎた。

賑やかさの中にも、ひと廉《かど》の侍ならたしなみがあってしかるべきである。

「藤蔵さん、午後は勘定の稽古を切り上げ散策に出かけましょう。宿題の問いを晴々《はればれ》とした空の下で解くのも案外いいかもしれません」

昼食が終わってから、市兵衛は開け放った部屋から青空を見上げ誘った。

音羽から櫻木町への西裏通りの上空に、秋の明るい空が広がっている。

はい、と藤蔵が嬉しそうに手を打った。そこへ、

「梅里、うめさとぉぉぉ」

と、二階より男のだみ声が突然響き、続いて、ととと……と襖《ふすま》の外の廊下を小走りに踏む音が近付いてきた。

市兵衛と藤蔵が顔を見合わせた、そのときだ。

襖がさっと開き、島田の黒髪が緑の光沢を放ち、裾模様に紅葉《もみじ》の赤や黄を可憐《かれん》に散らして、銀糸《ぎんし》の川が前身頃《まえみごろ》に流れている萌黄《もえぎ》の小袖《こそで》の芸者が、小腰の形で滑《すべ》りこんだ。

「藤蔵、匿《かくま》って」

と言って襖をぴしゃりと閉じた芸者の白粉《おしろい》に朱の唇が燃え、黒目がちな目を利《き》かん気な童女のように輝かせた。

それは、飾り気のない舞台が一瞬に変わる仕掛けみたいな艶《あで》やかな息吹《いぶき》が、市兵衛と藤蔵へ吹いたかであった。

「あ」

藤蔵が呆気《あっけ》にとられた。

「ご免、先生」

歌が赤い唇の前で掌《て》を合わせた。

「梅里、うめさとぉぉぉ」

だみ声が階下へ下り、廊下を近付いてきた。

市兵衛より藤蔵の方が落ち着いていた。

素早く立って床の間の脇の納戸《なんど》の襖を開け、

「ここ、ここ」

と、歌を急《せ》かした。

「ありがとう。恩に着るよ」

歌の動きは裾長の着物にかかわらず、身軽だった。

納戸にしゅっと滑りこんで、藤蔵が息を合わせて戸を閉める。そして文机の座に着いて市兵衛と向き合い、うふ、と笑みを見せた。

途端、廊下の襖が激しく開けられた。

仕立てのよさそうな藍《あい》の着物に橙《だいだい》色の袴が妙にけばけばしい装いの男が、血走った酔眼で市兵衛と藤蔵を睨んだ。

無腰でも、明らかに侍風体《ふうてい》だった。

「うめさとぉぉぉ」

足元が覚束《おぼつか》ないほどの酔いに任せ、まただみ声で梅里を呼んだ。

肉厚な大柄を襖の縁《へり》へぶつけ、襖ががたがたっと鳴った。

年のころは四十代半ば、分別盛りと思われる侍に、文机に着いている市兵衛と藤蔵などまったく眼中になかった。

「どこだ、出てこい。梅里、うめさとぉぉぉ」

日に焼けて肉付きのいい頬を震わせている。始末に負えない酔っ払いである。

廊下の内証の方から清蔵と稲が慌《あわ》てて、それと今ひとり、手代風の紺の着物の男がふらふらと追ってきた。

「殿さま、おとのさまあ……ひっく」

手代も酔っ払っており、だらしなく廊下の壁に凭《もた》れかかる。

「桜井さま、なにとぞお座敷へお戻りくださいませ。こちらに梅里はおりません。ただ今捜してまいりますので」

「何とぞ桜井さま、こちらには家の者が」

清蔵がなだめ、稲は困っている。

「何を言う。梅里がこの部屋に入るのを、階段の途中からのぞいて見たのだ。梅里、ここに隠れておるのはわかっておるぞ。出てこい、梅里。出てきてちょうだい、あははは……」

ひとりでじゃれて振りかえったそこに、市兵衛が立っていた。

「ああ？」

酒臭い息を桜井が吹きかけた。

「ここはお座敷ではありません。この家の者の住まいです。どうぞ、お座敷へお戻りください」

背は市兵衛の方が高いが、桜井は肉厚な上体を反らした。

市兵衛の言葉など、何をほざいておる、と歯牙《しが》にもかけない。

「下郎、どけ」

桜井はぞんざいに手で払った。こんなひょろひょろした男など、ひと薙《な》ぎで十分、のつもりだった。

するとこの痩せた背の高い男が、見た目のひ弱さと違い存外に重かった。

「邪魔だ」

桜井は胸を突いた。

痩せた男は、桜井の突きを受けても殆《ほとん》ど動かなかった。

なんだ、こいつ。侍か、町民か。桜井は思ったが、梅里が気になった。こんな男など、どうでもよいのだ。男の脇を抜け、

「ここか」

と、納戸の前へよろめいた。

が、そこにまた男が澄ました顔で立ちはだかったから、桜井は酔眼を歪《ゆが》めた。

「下郎。何をしておる」

桜井はやっと市兵衛へ気が向いた。

「あなたは相当酔っておられる。少し酔いを醒《さ》ましなされ」

「酔いを醒ませだと。無礼者が、下がれ。目障《めざわ》りな」

「そうらそうら、無礼者、下があれ。ひっく」

廊下の壁に凭れた手代が呂律《ろれつ》の廻らぬ声をかけた。だが動けない。

「うっとうしい。どけと言うておろうが」

桜井の表情に怒りがこみ上げた。

太い腕で市兵衛の肩を、今度は力を入れて突いた。

というよりも突き飛ばしにかかった。

それを市兵衛は、軽く体を斜《はす》にいなした。

そのため、桜井の大柄が支えを失って前へよろめいた。

ああ？　と前へのめった。

足が言うことをきかなかった。

自分の力を持て余し、よろめきが止まらない。

腕を突き出した格好で濡れ縁の腰障子へ腕と肩が突っこんだ。

ばりばり、と障子紙が破れ、桟《さん》が砕け飛んだ。

桜井は慌てて一方の手で障子戸を押さえ、腕を抜こうともがく。

だが、今度は押さえた腕が障子戸へ突っこみ、それによって体勢がさらに崩れた。

ひとりで障子戸ともつれ、喚《わめ》きながらそのまま二枚の障子戸を突き破って、濡れ縁から裏庭へ転げ落ちてしまった。大柄な身体も災いした。

藤蔵が甲高い声で笑い、稲は吹き出すのを唇を結んで堪《こら》え、清蔵は、

「さ、桜井さま、お怪我は……」

と縁下へ走り下りるのは、さすがに客商売の主人である。

しかし、桜井を一番笑ったのは、廊下の壁に凭れている美濃屋の千代だった。

「あは、あは、殿さまが、おちら、あは、あは」

清蔵は桜井を助け起こそうとする。

市兵衛も清蔵に手を貸すために庭へ下り、桜井の背中を後ろより抱えた。

庭へ落ちて酔いが少し醒めたのか、「ええい、触るな」と、清蔵と市兵衛の手を振り払った。濡れ縁へ這《は》い上がると、市兵衛を指差し、

「下郎、許さんぞ。許さんからな。手討ちにしてくれる」

と、喚き散らした。

帯廻りの刀を探り、無腰なのに気付いて廊下へよろめき出た。そして、

「殿さま、お殿さま、だいじょうぶすか。あは、あは」

と、壁に凭れて手をかざした手代の頭を、腹立ちまぎれに引っ叩《ぱた》いた。

桜井は「刀、かたな……」と廊下をよろめきつつ戻り、清蔵と稲が「桜井さま、お気を鎮めて……」と追い、その後を手代が「痛《いて》え」と頭を押さえて泳いでいった。

「もういいかい」

藤蔵が襖の間から首だけ出し、廊下の表の方の様子をうかがっている後ろで、歌が納戸の戸を開け、訊いた。

市兵衛は、桜井が突き破ってはずした障子戸を直していた。

「もう大丈夫みたいだけど、先生、刀を持って戻ってきませんか」

藤蔵が襖を閉め、市兵衛へ振りかえった。

「きません。体裁《ていさい》が悪いからあんなふうに言っているだけです」

市兵衛は障子を敷居にはめこんでいる。

「ご免なさい、先生。お勉強の邪魔しちゃって」

歌が納戸から這い出てきて、市兵衛へまた掌を合わせた。

「お歌さんこそ、大変でしたね」

「お歌姉さん、桜井さまを怒らしちゃったよ。どうするんだい」

藤蔵が文机の前に座り、相談に乗ろうか、とでも言いそうな仕種をした。

「本当に、ひどい……」

歌が砕け散った桟の木切れや障子紙を部屋の隅へ寄せ集め、言った。

「わたしだって、どうしたらいいのかわからないもの。桜井さまって、とってもしつこいの。先生、どうしたらいいんでしょう」

「お歌さんの評判のよさが原因のようですね。わたしには、お答えできません」

「ほほ……先生、真面目《まじめ》ですこと」

「姉さん、先生をからかっちゃあ駄目だよ」

藤蔵は心得ている。

歌は黒目をくりっとさせ、うふ、と童女の笑みになった。

「わたしと先生はこれから散歩に出かけるから、姉さん、ここにずっと隠れていていいよ」

「散歩にいくの。じゃあわたしもいく。連れてって」

「駄目だよ。散歩ったって外で勉強をするんだ。遊びじゃないんだから」

「邪魔しないから。ね、お願い」

「しょうがないな。先生、どうします？」

「わたしは構いませんが、その装いでいかれるのですか。着物が汚れるといけませんし、それにずいぶん目立ちますね」

「大丈夫、心得ていますから。先生とわたしで夫婦《めおと》のようにすれば。藤蔵は奉公の小僧さんみたいにして……」

「ええ、なんだい、それ」

藤蔵が呆れて文句を言った。

「いいから、いいから。藤蔵、わたしの草履《ぞうり》を取ってきて。わあ、楽しみ。お天気がよくて気持ちよさそう」

歌は縁側より午後の青空を見上げ、いっそう顔を輝かせた。

四

夕刻、散策より戻ると、桜井たちは酔いから醒めた後、大人しく屋敷へ戻っていった、と稲に聞かされた。

勉強部屋の障子を直す職人が夕刻より入っているため、市兵衛と藤蔵は板場横の囲《い》炉《ろ》裏《り》のある板敷で夕飯を摂った。

大清楼は夜の客が次々に上がり、筥《はこ》屋を従えた芸者衆が二人三人と置《おき》屋《や》より呼ばれて、二階座敷から管弦の音も賑やかに、仲居や下女、客の呼びこみや案内をする若い者や下男らが、勉強部屋ではわからなかった忙しげな働きぶりだった。

出汁《だし》の匂いが香る板場にも、料理人らの声が飛び交っていた。

清蔵は表見世で、客の対応に追われている。

普段着らしい地味な小袖に着替えてきた歌が、

「おっ母さん、先生と藤蔵のお給仕はわたしがするから、内証の仕事をしていいよ」

と、母親を気遣った。

そうかい、じゃあ頼むよ。先生、すみませんね——と稲が内証へいき、歌は「先生、お替わりをどうぞ」と、芸者の装いとは違う可憐な仕種で市兵衛に盆を差し出した。

「騒がしくって落ち着かないでしょうけれど、家《うち》の夕刻はこれが普通ですから、気になさらずゆっくり召し上がってください」

そして藤蔵には、

「藤蔵もしっかりお食べ。おまえは試問のお勉強があるのだから。お勉強するにも、身体が元気でなくっちゃあね」

と、歯切れのよい言い方に、姉らしい弟への慈愛がこめられている。

夕餉が終わったころ、清蔵が何かの知らせに調理場へきたついでに囲炉裏端の市兵衛ら三人の様子を見にきた。

「先生、今日はとんでもないことで、ご迷惑をおかけいたしました」

と、囲炉裏端に腰を落ち着けた。

「わたしこそ余計なことをして、事を荒立ててしまいました」

「いえいえ、あれでいいんです。あっちが悪いんです。身分のあるお侍のくせに、どうも酔い方や遊び方が汚いのです。しつこく絡《から》んでくるものですから、お歌も逃げるしかなかったんです」

「お父っつあん、ご免ね。桜井さまは家のいいお客さまだったのに。桜井さまを怒らしたら、仕返しが怖いんでしょう」

歌が申しわけなさそうに言った。

「あまりいい評判は聞かない人だね。それよりお歌、おまえはお座敷に出るのはもうお止《や》め。これを機会に内証の仕事を手伝っておくれ。嫁入りのことも考えないといけない年だし」

「おや？　姉さん、嫁入り話があるのかい」

まだ夕餉のすんでいない藤蔵が箸《はし》を止めた。

「嫁入り話なんて、そんなものないよ」

歌が素気《そっけ》なく言った。

清蔵が困った顔半分になって笑った。

「先生にはお話しいたしておりませんでしたが、お歌は家の座敷だけに限って、お客さまのお慰《なぐさ》みにお座敷勤めをさせておりました……」

「藤蔵さんからうかがっています。お歌さんは三味線や踊りがお上手で、ご本人が家の助けにもなるからと望まれたとか」

「そうですか、藤蔵が申しましたか。しかし、やはりさせるべきではありませんでした。わたしどもも、わが娘ながらお客さまに好評をいただき、お客さまの宴席がお歌の三味線と踊りや唄で華《はな》やぐならばまあいいか、と気楽にさせていたのが間違いでございました」

「お歌さんがお座敷に出られれば、評判になるのは無理からぬことです。あの桜井という方は、お歌さんを目当てに遊びにこられるのですね」

「はい。それだけなら有り難いお客さまなのでございますが、お歌に執心《しゅうしん》なさり、身請《みう》けし囲いたいと申されておるのでございます。お歌はじつはわたしどもの娘で、と事情をお話しいたしましても、それがどうした、大清楼など所詮《しょせん》色茶屋ではないか、色茶屋の娘が旗本の妾《めかけ》奉公をするのだから出世ではないか、とお聞き分けにならないのでございます。むろんこちらも、お断わりでございますけれど」

「なるほど。それで昼間の無体な振る舞いですか」

「困ったものです。何度もお断わり申しておるのですから、いい加減に諦《あきら》めてほしいのでございますが、執念深いと申しますか。ところで先生……」

と、清蔵は市兵衛に改まった。

「桜井さまは根に持たれる方でございます。夕刻、みなさんが戻られる折り、お連れの方が桜井さまから指図されたようで、妙に先生のことを根掘り葉掘り探ってこられました。それが少々気になっております。むろん倅の勉強を指南していただいている先生としか申しておりません。ただ、御持筒組の中には気の荒いお侍がいらっしゃいます。何もないとは思うのですが、念のため、お気を付けください」

「わかりました。気を付けます」

「先生、算盤やらお勉強やらはおできになるけど、剣術の方は駄目なんでしょう。痩せていらっしゃるし、この前うかがった上方でお坊さんと剣の修行じゃ、算盤とお経は上手《うま》くなってもねえ。風の剣でしたっけ、なんだかひょろひょろと風に吹かれて頼りなさそうだし」

と、歌が真顔で言って市兵衛を吹き出させた。

「これ、お歌。先生に失礼なことを申し上げるんじゃない」

そうたしなめた清蔵も笑いを堪えている。

「しかし、御持筒組の頭を務める侍ですから身分上の体裁もあるでしょうし、まあ、心配するほどのことはないと思います。酒に酔ってはめをはずし、人の迷惑も考えず騒ぎ立て、挙句《あげく》に転んで恥をかいたのは本人自身のせいですから」

と、市兵衛は気に留めなかった。

「まことに、昼間のあれはけっさくでしたな」

清蔵が昼間の桜井の無様な始末を思い出して遠慮なく笑った。

「わたしは先生が桜井さまにひどい目に遭わされるのじゃないかと、どきどきしました」

藤蔵も思い出し笑いを浮かべ、市兵衛を見上げた。

「え？　何があったんだい」

「ふふ、姉さんは隠れていて見なかったろうけど、ねえ、お父っつあん、あれはおかしかったよね」

うんうん、おかしかった、と清蔵が笑っている。

「相手が酔っていて助かったよ」

市兵衛は藤蔵に調子を合わせた。

「なんでしたら、お戻りになるとき江戸川橋から船を用意させます。そうだ、もし先生さえよろしければ、しばらく家へお泊まりになりませんか。家に遠慮は一切要《い》りません。神田から遠い道のりを毎日通う手間が省けてよろしいのでは」

是非そうなさいませ、と清蔵はしきりに勧めたが……

市兵衛が大清楼を出たのは、夕の六ツ半（午後七時）だった。

護国寺の参詣《さんけい》客のいき交う刻限がすぎ、とっぷりと暮れるに従い、音羽の界隈《かいわい》は岡場所目当ての客で昼間より賑わい始める。

裏通りや横丁の路地に見世を張る局見世《つぼね》の客引きらがそこここに立って、通りかかりの袖を強引に引いていた。

表通りの大清楼のような大きな茶屋のみならず、小料理屋、煮売屋、縄暖簾《なわのれん》など、裏通りや小路の小店も夜更《ふ》けまで客足が途絶えず、管弦の音や女たちの嬌声が九丁目界隈を包み、町明かりは夜空を染めていた。

藤蔵と歌に裏庭の枝折戸まで見送られ、市兵衛は西裏通りへ出た。

櫻木町へたどる裏通りの先に、土蔵の黒い影が建っている。

影の中に窓が半開きになっていて、人影が佇《たたず》んでいた。

あれは橋太郎という大男だったな。美しい虫を集め、あそこでひとりそれを眺め暮らしている、と藤蔵が言っていた。

と、窓辺に佇んでいた影が見上げる市兵衛に気付いたからか、ふっ、と隠れた。

人の世は様々だ。ああいう男もいる――市兵衛は思った。

九丁目橋を渡って小日向水道町、そして神田上水端のいつもの堤道を戻って第六天《だいろくてん》をすぎたころだった。

折りしも、上弦の月が東の空に白く架かる刻限だった。

月は白堀に照り映《は》え、水面の月影に重なる幾つかの人影が、後方に市兵衛と同じ方角をほぼ同じ足取りでたどっているのがわかった。

声は聞こえぬものの、草履の音からして五、六人の一団らしい。

この辺りは御持筒組の組屋敷の板塀が続き、上水の対岸は武家屋敷の土塀が連なっていた。

上水の先の総寧寺《そうねい》脇の新坂を下った橋の袂《たもと》にも、人影が屯《たむろ》していた。

その一団を、柳の木に架かる弦月が物憂げに照らしている。

人影が夜道のこちら側をうかがっている気配が伝わってくる。

その一団も五人、六人、もっといそうである。

腰に帯びている二刀の影が物々しい。

甘かったか。仕方ない。

市兵衛は夜気を胸一杯に吸って息を整えた。

肩を廻してほぐし、羽織の紐《ひも》を解いた。

柳の下の一団に近付いたとき、影はざわざわと市兵衛のゆく先をふさぐ位置を取り始めた。組になっての動き方を心得ているふうに見えた。

あの動きからして無頼《ぶらい》の徒の寄せ集めでないことは確かだった。

後方より近付く足音にも、険《けわ》しさがこもっている。

男らの顔が見分けられるほどの間になって、市兵衛は足を止めた。

みな見覚えのない顔ばかりだった。

両手をだらりと垂らし、上体の力を抜いた。

道をふさいだ男らは沈黙し、ただ、月光を受けた表情に険しい陰影を刻んでいた。

柳の枝葉が力なく垂れた下から、才槌頭《さいづちあたま》の士《さむらい》がぶらと進み出た。

ざ、ざ、と道を鳴らしていた後ろの足音がそこで止まった。

間違いない。後ろは六人、前は七人だった。

「大清楼の倅の勉学指南をしておる浪人者だな」

才槌頭が風貌には似合わぬやわらかな口調で言った。

「さよう。あなた方は」

「われらが、知りたいか」

「知りたくはありませんが、あなた方が誰かを知れば、そのように道をふさいでおられるわけが察せられるかもしれませんので」

「われらがなぜ、おぬしを待っていたか、察しはつかぬか」

「わたしに言わせたいのですか」

才槌頭が、ふん、と鼻先で笑った。

「昼間のおぬしの振る舞い、無礼千万《せんばん》。捨ててはおけん」

「御持筒組の桜井という方の指図ですか」

才槌頭がまた一歩二歩と近付くのに合わせて、道をふさぐ士らも前へ踏み出した。

後ろの一団も間を縮めてくる。

「ずいぶんな大人数で、賑やかなことですな」

「自惚《うぬぼ》れるな。みなおれにもやらせろというのでこの人数になった。おぬしひとり相手に人数を頼んだわけではない」

「自惚れてなどいない。だが言っておく。あなた方の動きには数を頼んだゆるみが見える。実戦は日ごろの稽古の量よりも質を問う。相手が自分の思う通りに動くとは限りませんぞ」

市兵衛は後ろの一団へ振りかえった。

「十三人の方々、その覚悟でまいられよ」

市兵衛の言葉が夜道に響いた。

才槌頭の窪んだ目に、わずかな躊躇《ためら》いが走った。

上水に魚が、ぴちゃり、と跳ねた。

「ほざけ、下郎っ」

才槌頭の隣より背の高い士が刀の柄《つか》を握り、つつ……と進み出てきた。

かちり、と鯉口《こいぐち》を切った。

「愚《おろ》かな」

市兵衛のひと声を合図に、羽織が滑り落ちた。

ふわ、と滑り落ちて道に着くかに思われたとき、市兵衛は羽織を月光の中へはらりと舞い上げた。羽織は巨大な蝶が羽ばたいたかのようだった。

男らの目が飛び立った蝶に吸い寄せられ、束《つか》の間《ま》の隙《すき》が生まれた。

瞬時、市兵衛が踏みこんだ。

咄嗟《とっさ》の動きに両者の間が消えた。

士は市兵衛の踏みこみに応じられなかった。

「あ？」

刀が抜けない。柄を握った士の手首を押さえられている。

気付いた途端、市兵衛の大刀の柄頭《つかがしら》が士の心窩《しんか》へ、ずん、とめりこんだ。

「ぐえっ」

ひと声叫んで、上は身体を折り市兵衛の脇へ転げ落ちる。

身体を海老《えび》のように縮めてのたうった。

「やれ」

才槌頭が叫んだ。

前後で刀が月光にきらめき、ばらばらと取り囲みながら踏みこんでくる。

だが遅い。

踏みこむ前に形を作ろうとする手ぬるさが、市兵衛の動きにゆとりを与えた。

誰ひとりそれに気付かない。

いつの間に抜き放ったのか、市兵衛の剣の切っ先が才槌頭の眼前に、一寸の間もなく突き付けられた。

「ああっ、あぶ、あぶな……」

才槌頭が仰《の》け反《ぞ》り、堀端の柳の幹《みき》へ背中をしたたかにぶつけるほど追いつめられた。柳の枝葉が、さわさわとゆれる。

二人が市兵衛の後方左右から襲いかかった。

「せぇぇぇぇい」

「あとおお……」

市兵衛は身を翻《ひるがえ》し、右からの一刀を、かぁぁぁん、と夜空高く撥《は》ね上げ、そのまま反転して左側の士の肩から袈裟《けさ》に落とした。

峰打ちである。

二人は、市兵衛の瞬時の変転についていけなかった。

刀を撥ね上げられた侍の手に残ったのは痺《しび》れる衝撃であり、ひとりは己の肩の骨の砕ける音を聞き、意識が遠のくまでに声も出ぬほどの痛みを味わっただけだった。

才槌頭は市兵衛の反転の隙に腰の一刀をつかんだ。

だが、なんと柄がなかった。腰の刀は鞘《さや》だけになっていた。

手が柄を求めて虚《むな》しく泳いだ。そのとき、
ちゃっ。

才槌頭の目の前で刀が鳴った。

再び仰け反らせた才槌頭が、柳の幹にぶつかった。

切っ先が前歯に当たり、がり、と才槌頭の口をこじ開ける。

こじ開けられた口の中へ切っ先が、ぐっ、と差しこまれたから悲鳴を上げた。

ああん、と大口を開け、突き出された刃《やいば》を両の掌《てのひら》で取った。

「やああ、やああ……」

やめろ、と言おうとしていたが言葉にならない。

「この男を串刺しにするぞ」

市兵衛は才槌頭の口腔《こうこう》へ切っ先を突き入れたまま、ざざざ、と迫ってくる男らを一喝した。

才槌頭が哀願のような呻《うめ》き声を上げた。

柳に凭れた膝が恐怖に震えているのがわかった。

それでも斬りかかろうとするいきり立った男を、仲間らが懸命に取り押さえた。

「これはあなたの刀だ。自分の腰の物をわたしに抜き取られたことに気付かなかったのか。迂闊《うかつ》でしたな。こんな恥をかくなら、いっそ命を取られた方がよろしいか」

才槌頭へ顔を向け、言った。

才槌頭の窪んだ目から涙がこぼれた。

顔を小刻みに左右に動かし、刃を取っていた両の掌を高く掲げ、掌を合わせた。

「許せ。悪かった。戯《ざ》れ事がすぎた。戯れにちょっと脅しただけだ。元々おぬしを斬るつもりなどない。すまなかった。これまで、これまで」

取り囲む者のひとりが狼狽《うろた》えながらも、市兵衛をなだめた。

「あなた方を指図している桜井は、どこにいる」

「組がし……いや、桜井さまは、屋敷に戻っていると思う」

「あなた方にわたしを襲わせ、自分は屋敷でのうのうと知らせを待っているのか。愚かしい。もういい。みな刀を納めて去れ。あなた方が第六天までさがったところで、この男を解き放つ。怪我人も連れていけ」

侍らは急に気持ちが萎《な》えたらしく、しおしおと刀を納めた。

心窩を打たれうずくまって動けない者、肩が砕け気を失った者を、市兵衛と才槌頭を見やりながら抱え上げた。

肩を打たれた侍の意識が戻り、「ひぃぃぃ」と悲鳴を上げた。

五

深川油堀堤の一膳飯屋・喜楽亭の油障子を同心の渋井鬼三次ががらりと開け、鬼しぶの不景気面《づら》をのぞかせた。

背のひょろりと高い手先の助弥を従えている。

醤油樽《しょうゆだる》に長板を渡しただけの、六、七人もかければ一杯の卓のひとつに、京橋《きょうばし》は柳《やなぎ》町の蘭医・柳井《やない》宗秀《そうしゅう》がひとりで酒を呑《の》んでいた。

「よう」

渋井が宗秀へ会釈《えしゃく》を送った。

「先生、どうも」

と、助弥が渋井の後ろで手をかざした。

「鬼しぶの旦那《だんな》、助弥、遅かったな。さ、一杯いこう」

宗秀が徳利《とっくり》を持ち上げて渋井と助弥を手招きした。

狭い店に同じ卓がもうひとつあって、西永代町《にしえいたい》の干鰯《ほしか》市場で働く顔見知りの軽子《かるこ》らが賑やかに呑んでいた。

軽子らは渋井へ、「どうも、旦那」と愛想《あいそ》笑いを寄越した。

「景気はどうだい」

渋井は宗秀がいる卓の腰掛《こしかけ》に腰かけながら、気軽に声をかけた。

「へえ。相変わらず、貧乏暇《ひま》なしでさあ」

「貧乏暇なしでも相変わらずなら、まあ、よしとしなきゃあな」

渋井が腰かけるとすぐに、板場から痩せ犬が小走りに出てきた。

痩せ犬は渋井の足元を嗅《か》ぎ、尻尾《しっぽ》を振った。

「おい、酒を頼むぜ」

渋井が不景気面をやわらげて痩せ犬の頭を撫《な》で、いつものように戯れた。

「おやじさん、酒だよ」

助弥が渋井の隣へ座り、仕切り棚の奥へ声をかけた。

うお……とうなり声みたいな亭主の声がかえってきた。

板場から炒《いた》め物の香ばしい匂いが流れてくる。

「先生、また往診の帰りかい」

渋井は蘭医の宗秀を先生と呼んだり、ときにはおらんだと呼んだりする。

「門前仲町《もんぜんなかちょう》まで往診にきた帰りだ。旦那らがもうきているかと思ってな。ところが旦那はいないし、市兵衛もこないし、こいつを相手にちびちびやっていたよ」

宗秀が痩せ犬へ顎をしゃくった。

渋井の足元へちょこんと座った痩せ犬が、くうん、と小さく鳴いた。

「そう言やあ、市兵衛もここんとこ、こねえな」

「また遠出の仕事でやすかね」

「あいつのことだから、どうせしけた仕事に決まっているぜ」

と渋井は、今夜も市兵衛が喜楽亭へ顔を見せないことが不満そうである。

「鬼しぶの旦那は、今日は遅かったじゃないか」

「うん。先生は知っていたかい。西国《さいごく》でころりの流行《はや》りそうな兆候が見えているらしいんだってな。夕方、上《うえ》から奉行所へお達しがきてな。江戸に飛び火するようなことがあったら事だから、くれぐれも警戒を怠《おこた》るなってよ」

「西国のころりか。聞いている。ころりが江戸で流行ったらやっかいだぞ」

「どうやっかいなんでやす」

助弥が卓に身を乗り出した。

「ころりの菌が人から人へうつる疫病《えやみ》だ。ころりがうつったら、激しい下痢《げり》と嘔吐《おうと》で身体から水気が失われ、干からびて死んでしまう」

「下痢と嘔吐で身体が干からびて……」

助弥は顔をしかめた。

「あっという間に広まり、一日か二日でころりと死んでしまう。だからころりだ。大勢の人がばたばたと倒れるから、鉄砲などと呼ぶ土地もあるらしい」

「警戒たって、町方はどうすりゃあいいんだ」

渋井が刀を杖《つえ》にし、柄頭に肘を乗せた。

「奉行所にお達しがきたのなら町触れも出ているのだろうな。ころりになったら、とにかく病人をほかの者と厳重に離して広まるのを防がねばならん。後はひたすら水気を病人に与える、それしかない」

「水を与える？　それだけでやすか。ころりによく効《き》く薬はねえんでやすか」

「ない。それどころか、治療の方法がよくわからず、手当をする医者もころりと逝《い》ってしまう命がけの疫病なのだ」

「へえ、医者が……」

軽子らが宗秀の話を聞いて、怯《おび》えた顔を向けてきた。

板場から亭主が徳利を二本と、筍《たけのこ》、芋《いも》、人参《にんじん》を油で炒《いた》め、味噌であえた油味噌の皿を一緒に運んできた。

「おお、旨《うま》そうじゃねえか、おやじ。このごろ腕を上げたな」

渋井が湯気の立つ皿に顔を近付けた。

「先生の肴《さかな》にちょうど拵えてたところだったから、おめえらも食うかと思うてよ。量を多めにした」

「おお、ありがてえ、ありがてえ。腹が減ってたんだ。先生、いこう」

亭主が徳利やぐい飲み、肴の取り皿や箸を並べている間に、渋井が宗秀のぐい飲みへ新しい徳利を差した後、宗秀が差しかえす酒を受けながら、

「ところでおやじ……倅はあれから顔を出したかい」

と、亭主を見上げた。

「いいや。あれっきりだで」

亭主は徳利や皿を載せてきた盆を脇に抱え、渋い顔付きになった。

「あれっきりか」

渋井はぐい飲みを呷《あお》った。

「名は勘平だったな。おれが余計な手出しをしたから、へそ曲げちまったのかな」

「旦那のせいじゃねえ。あれはそういうやつなんだ。腰の落ち着かねえところが餓鬼《がき》のころからあってよ」

「うん？　倅とはなんの話だ」

宗秀が助弥にも徳利を差して言った。

「だからよ、おやじの倅だよ。家出していた倅が先だって、十年ぶりにひょいと戻ってきたのさ。お父っつあん、元気かってな」

渋井は油味噌の筍をさくさくとかじった。

「ほお、おやじにそんな倅がいたのか」

「旦那方には言ってなかった。けど、近所では知ってる者もいるでよ」

「おやじさん、倅がいたのかい」

隣の卓の軽子らが、話に入ってきた。

「いるんだよ。おめえらと年もそれほど違わねえ、二十二、四だったかな」

渋井が軽子らへ渋面を廻《めぐ》らした。

「二十五だ。十五のときに家出しやがって、あっという間の十年だった」

「ということは、女房もいたんだな」

宗秀がぐい飲みを口に付けた。

「いたよ。すぎた昔だがな」

へえ、と軽子らが意外そうに声を上げる。

「話せよ。聞かせろよ、おやじ」

渋井はぐい飲みを、ことん、と卓に鳴らした。

「話すほどのこともねえ話だで」

そう言いながらも亭主は腰掛に腰をおろし、卓へ凭れるように片肘を乗せた。

そして、ふうむ……と腹の底でうなった。

「十二のとき越後《えちご》から江戸へ出て、親方の下で料理人の修業をしてきた。二十代はあっちの店こっちの板場と渡り歩いて、おれが喜楽亭を始めたのは、三十五の春だった。料理人修業たって、大きな料亭の割烹《かっぽう》を任されるのはほんのひと握りだ。大抵の料理人はせいぜいの望みが、てめえのちっぽけな店を持つことぐらいだ。女房をもらう暇もなく修業やら仕事やらに明け暮れて、やっと手に入れたてめえの城だった」

亭主は刻んだ皺《しわ》を数えるように、掌で額《ひたい》を撫でた。

「これでも初めは、喜楽亭を足がかりに今に大きな料亭の主《あるじ》になって見せるぞと、意気ごんでいたもんだった。一年少々たってから、お滝《たき》という深川の大島町《おおじま》に住む女を通いで雇ったんだ。器量は十人並みだが、太り肉《じし》のどことなく男好きのする三十代半ばの年増《としま》だった。働き者でも気立てが特別いいというのでもなかった。けど、おれも三十五、六の寂しい独り暮らし。つい、お滝にふらふらとなってな」

「お滝と、懇《ねんご》ろになったのかい」

「成り行きでそうなった。よくあるどうってことねえ話だ。勘平はお滝の連れ子だったのさ。お滝が勘平を連れてここの二階へ移ってきたのがおれが三十六のときで、勘平は三歳だった。人懐《なつ》っこいけど、泣き虫のちびでな。側《そば》に女房がいて、おれの血は引かずとも子がいて、それなりに所帯を持った喜びはあった。これだって悪かあねえじゃねえか、と思ったね」

みな黙ってぐい飲みや猪口《ちょこ》を舐《な》めながら、亭主の話に聞き入った。

渋井の足元の痩せ犬も、しんみりと話を聞いている。

「けど、お滝との所帯は長くは続かなかったでよ。それもよくあるどうってことねえ結末だ。半年ばかりたって、お滝が男を作って駆け落ちしやがった。店の金をちゃっかりかっさらってよ。代わりに三歳の勘平を置いていきやがった。まったく間抜けな話だ。ねえ旦那」

　渋井は答えず、柄頭へ肘を乗せたまま指先で顎をさすった。

　宗秀は胸の前で腕を組み、ゆっくり頷いていた。

「ひでえ女だな」

　と、軽子らがささやき合った。

「だでよ、倅は三歳から十五歳で家出するまで、おれが育てたんだ。まさか逃げた女の連れ子だからって、追い出すわけにもいくめえ。三歳のちびだ。母親がいなくなると、父ちゃんとおれにすがってきやがるしよ。ちょいと強く言うとめそめそしやがるしよ。仕方がなかった。可哀想じゃねえか。あははは……」

「おやじさん、まあ、一杯いきやしょう」

　助弥がぐい飲みの雫《しずく》を振って、亭主に差した。

「すまねえな」

　亭主は助弥のぐい飲みをひと息に呷った。

　そうして助弥の前へ戻し、黙って徳利を傾けた。

「女房に逃げられ他人の餓鬼を押し付けられた間抜けさ加減が、おれに相応《ふさわ》しいと思った。それでもな、倅と二人だけの暮らしを始めると、不思議なことに情も湧《わ》いてくるし、父親らしい気分になってくるもんだ。倅ができて、先に新しい望みができたみたいな、そんな気さえしてきて、おれはちゃんとした父親にならなきゃと思った。おれはあいつを、厳しく躾《しつ》け、ちゃんと育てたつもりだった」

「ところがそうは問屋が卸《おろ》さなかったんだな」

渋井が先取りをした。

「ふふん。十歳をすぎるまでは、ちょいと叱るとすぐにめそめそする気の弱い聞き分けのいい子供だったのが、十二、三歳ころから急に大人びて、夜遊びをするようになりやがった。おれの目を盗んで店の金に手を付け、毎晩、夜更けまで遊び廻り、帰ってこない日も続いたりした。それでたまに帰ってきたら親子喧嘩《げんか》が絶えなくなった。けど、そのころはまだ、おれの方が腕っ節が強かったで、親子喧嘩も様になった」

痩せ犬が渋井の足元から、うろうろと亭主の足元へ移っていった。

「早い話が、倅をちゃんと育てたつもりが、育った倅はいつの間にやら町内の札付きになっていやがったってえわけよ。ははは……つくづく間抜けな男だ、おれはよ」

痩せ犬は亭主の足元で、情けなさそうに小さくうなった。まるで、おやじさん、そんなことはありませんよ、と言っているみたいだった。

「勘平が十五のときだった。その二日ほど前、取っ組み合いの大喧嘩になった。隣近所が騒ぎに驚いて止めに入るくらいのな。その場は収まったが、それから九一日、勘平は飯も食わずに不貞寝《ふてね》をしていやがった。で、二日目の夜明け前、物音に目が覚めて二階から下りてきたら、勘平が家を出ていくとこだった。おやじさん、世話になった、お袋を捜《さが》しにいく、って他人みたいに言いやがった」

「他人みたいにかい」

渋井がまた、ぽつりと訊いた。

「頬かむりをした、しけたちんぴらの風体でな。おれはもうだめだと気付いた。倅の心はおれから離れちまってるってことにな。なんのためにこいつを育ててきたんだろうって、そのとき思ったでよ。阿呆《あほ》らしくて笑えたでよ。それからちょっと、泣けたでよ」

「おやじさん、酒、いいかな」

隣の卓の軽子が申しわけなさそうに徳利を振って見せた。

亭主は「ああ……」と応えて、腰を上げた。

丸い背中が、軽子らの空になった徳利を盆に載せながら言った。

「人の縁やら人情やらなんぞは、所詮《しょせん》そんなものかもしれねえ。おれもよ、もう亡くなったが、この店の前の家主にも勧められて、結局、勘平を帳外にしたんだ。先に何があるか、誰にもわからねえでよ。あっけないもんだで」

亭主は盆を提《さ》げた格好で立ち止まった。

「けど、そんな倅が十年たって、お父っつあん元気だったかい、って帰ってきたんだろう。倅は育ててくれた父親の恩をちゃんと覚えていたじゃねえか」

渋井は、刀の柄頭の腕を乗せ替えて言ってから、勘平という名の倅の、日に焼けて顎の尖《とが》ったやさぐれた顔付きをかすかな不安とともに思い出した。

「それもそうだ。おれも倅の顔を十年ぶりに見て、とっくに縁は切っていたはずなのに、この親不孝もんが、どこでなにしてやがった、と父親みたいな気分でついかっとなっちまったもんな。それもまた、人情かもしれねえ」

「おやじさん、逃げた女房の顔を思い出せやすか」

軽子の若いのが亭主をからかった。

「ふふ……覚えているさ。男はな、好いた女の顔は忘れられねえもんなんだ。おれがいくら老いぼれても、心の中の女は昔のままだしよ。おめえらも、いまにわかるさ」

亭主は板場へ戻り、痩せ犬がとぼとぼとついていった。

渋井と宗秀は顔を見合わせ、ちょいと人の世を儚《はかな》んだ物寂しげな笑みを交わした。

第三章　浅き夢

一

むろん市兵衛は、前夜の桜井長太夫の指図と思われる御持筒組との顚末《てんまつ》を、清蔵夫婦や歌にも藤蔵にも黙っていた。

それを話せば余計な気遣いをさせるだろうし、桜井が大清楼の清蔵一家へまで無体な仕返しをするとは思えなかった。

ただ酔ってはめをはずしすぎたあの程度の不始末で、市兵衛を夜陰にまぎれて襲わせるなど、御持筒組頭《がしら》とも思えぬ振る舞いである。

与力や同心を数十名と従える頭が、破落戸《ごろつき》まがいの振る舞いに及んだことが支配役の若年寄の耳に入れば、組頭の立場さえ失いかねない。

桜井という男、それほど軽忽《きょうこつ》で粗暴な男なのか。

それとも、四十代半《なか》ばの分別盛りのあの年にして、芸者・梅里に、すなわち歌に、己《おのれ》の身分立場のわきまえを失わせるほど執心《しゅうしん》しているのか。

人の世の浅き夢に惑《まど》うかのごとく……

歌の仕種《しぐさ》を見て、ふと、市兵衛の脳裡《のうり》をそんな言葉がよぎった。

ともかく、芸者・梅里として大清楼の座敷へ出るのは「今後控えなさい」と父親・清蔵に止められ、歌は稲と一緒に大清楼の内証《ないしょう》の手伝いをすることになった。

市兵衛と藤蔵の翌日の昼ご飯も、給仕役を歌が稲に代わってやった。

歌は小紋《こもん》の地味な小袖《こそで》を町家の若年増《わかどしま》ふうにしゃんと着こなし、薄化粧にさり気なく差した紅が花の容顔《かんばせ》を彩《いろど》っていた。

「お待ちどおさま」

と、勉強部屋に膳を運んできた歌の仕種は、ふっくらとして何かとゆるやかだった稲と違い、てきぱきと軽《かろ》やかである。

その日の昼ご飯は、目刺《めざ》しいわし、七味の効《き》いたきんぴらごぼう、醤油《しょうゆ》が香る八杯豆腐《はちはいどうふ》に味噌汁、たくあん、あったかい白飯である。

歌は市兵衛の食べっぷりをにこやかに眺めていた。

「姉さん、そんなにじろじろ見たら先生が食べにくいだろう」

と、藤蔵は気の利《き》く少年である。

「あら、ご免なさい。つい見惚《みほ》れちゃって。わたし、男の人がご飯を勢いよく食べるのを見るのが好きなんです」

「大丈夫ですよ、お歌さん。ご飯をいただけるときは遠慮なく十分いただきます。用人の仕事は図太くないと勤まらないのです。雇い主に対して、はっきりとものを言わないといけませんから。収入はこれだけだから支出はこれだけと台所勘定をし、今後ご飯は一汁一菜《いちじゅういっさい》にしてくださいとか、着物は古着にしてくださいとか」

あはは……と歌の振りまく笑顔は明るく、屈託が見えなかった。

「ふうん。先生は偉いんですね」

「偉いのではありません。武家の用人とはそういう勤めなのです。正確な勘定をして分《ぶん》相応の暮らしを心がけるように主人に助言するのです。ではお歌さん、お替わりをお願いします」

はい——と、盆を差し出す。しかし歌は、

「先生はお嫁さんを、もらわないんですか」

と、二杯めのご飯に取りかかった市兵衛に、さらりと訊《たず》ねた。

「嫁さん？　妻、ですか」

市兵衛は戸惑《とまど》い、答えに詰まった。

「わたしの雇われ先は武家が多く、武家はどこも台所の遣《や》り繰《く》りが苦しいのです。大清楼さんほどの十分な給金をいただける勤め先は多くはありません。残念ながら、妻を娶《めと》り養うほどの収入を得るのは難しいのです」

「先生ほどの方なら、もっとお給金の高いお勤め先が、その気になれば見付かると思いますよ。どうして今のお仕事なんですか」

「買いかぶりです、お歌さん。わたしはこうなるべくしてこうなった。自分の仕事は定めだと思っています」

「でも、これまでに先生が好いた方は、いらっしゃったんでしょう」

「好いた女性《にょしょう》はおりました。しかし、妻に娶る相手ではなかった。わたしの給金では無理な方だった、ということもありました」

「お給金ね。先生は望みが高すぎるんですよ。望みが高すぎるから……」

「わたしのことより、お歌さんの話を聞かせてください」

市兵衛は歌の問いをそらした。

「あら、わたしの？　わたしの何が……」

歌は自分のことを訊かれて、ほのかに顔を赤らめた。

「あなたも嫁入りをするのでしょう。どういう人が望みとか」

「望みったって……」

歌は急に寡黙になった様子である。

町育ちのちゃきちゃきとした素振《そぶ》りでも、根は初心《うぶ》な気立てが垣間《かいま》見えた。

「あのね、姉さんは先生みたいな方が望みなんです。剣が弱くてもお金がなくても、まっすぐに自分の道を進んでゆく人についていきたいんですって」

藤蔵が無邪気に歌の気持ちを明かした。

「まあ、おまえは何を言い出すの。余計なことを言って。黙ってお食べ」

と、歌は藤蔵を睨《にら》んだ。

市兵衛は困った。こういう話は少々苦手である。二杯めのご飯を口一杯に頬張《ほおば》り、腹は満ち足りたが、無理をして三杯めのお替わりを頼んだ。

その夕刻七ツ（午後四時）すぎ、市兵衛は大清楼の用意する夕食を遠慮し、山茶花《さざんか》の垣根の枝折戸《しおりど》を西裏通りへ出た。

「今宵《こよい》は縁者と会う用がありますゆえ」

と、昼食の折りに歌に知らせていた。

空はまだ明るいが、秋の宵の気配が裏通りにたちこめ始めている。

九丁目の西裏通りを櫻木町の目白台へ上る辻へきて、角にある菓子所・篠崎の土蔵を見上げた。白壁の窓は両開きの扉が、ぴたりと閉じられていた。

夕日が土蔵の瓦屋根を赤く染めている。

市兵衛は篠崎の軒暖簾《のきのれん》をくぐった。

三和土《たたき》の店土間に表へ向いた長い陳列棚があり、縁高の菓子箱に菓子や餅《もち》を並べ、そんな菓子箱が三段になって棚に陳列されていた。

壁際の棚には、土産《みやげ》用の高価そうな羊羹《ようかん》やきんつばの折詰《おりづめ》が重ねてある。

店にほかの客はおらず、

「おいでなさいませ」

と、菓子所の女房と思われる四十代の女が、愛想《あいそ》のよい笑みで市兵衛を迎えた。

女房に会釈《えしゃく》を投げ、陳列棚の菓子箱を順々に見て廻《まわ》った。

菓子箱に並べた幾《いく》つかの菓子は、残りが少なくなっていた。

「どうぞ、いろいろ揃《そろ》えております。ごゆっくり、お選びください」

「この界隈《かいわい》の土産に何か、と思ったのですが」

「さようですね。この界隈の名物となりますと、こちらの編笠《あみがさ》焼、音羽焼とも言うんですよ。それから、昔は護国寺の境内《けいだい》で売っていた川口屋《かわぐちや》の飴《あめ》も、参詣《さんけい》のお土産に人気が高いようですね。後は、切餅《きりもち》、萩餅《はぎ》、安倍川《あべかわ》、大福《だいふく》、少々お値段がよくなりますけれど、こちらの入道羊羹《にゅうどう》、鹿の子《かこ》、きんつば、などもお土産によろしいですね」

と、小太りの女房がにんまりと勧める。

「どれもみな、甘くて美味《おい》しそうですね」

「お内儀さまやお子さまへのお土産ですか」

お内儀さまと持ち上げられて苦笑しつつ、

「ごく親しい友や所縁《ゆかり》の者への、ちょっとした手土産なのです」

と、選びかねていた。

「それでしたら、こちらの粟焼《あわやき》はいかがでしょうね。蒸《む》した栗をひいた物を餡《あん》で包んで、鉄板で焼いて笹《ささ》の葉に乗せるんです。値《あたい》は一個一文《もん》、お値段も手ごろですし、美味しいですよ。これも山の手の土産物として評判ですから。先ほど、焼き上げたばかりの物です」

市兵衛は、ひとつが拇指《おやゆび》ほどの大きさの粟焼を頼んだ。

「お侍さまは、大清楼さんところの藤蔵さんのお勉強を指南なさっているお方じゃありません？」

女房が粟焼を折詰にしながら、気安く話しかけてきた。

「はい。今月の初めより雇われております」

「やっぱり。ずいぶん様子のいい立派な先生を雇われたなって、うちの人とも話していたんですよ」

「算盤《そろばん》ばかりが、取り柄《え》なだけです」

市兵衛はいささか照れた。

「藤蔵さんはお勉強ができて、清蔵さんもお稲さんも末が楽しみですよ。姉のお歌ちゃんも護国寺門前一の器量よしと評判ですし」

「確かに藤蔵さんは賢い子です。わたしが教えられることなど、わずかです」

「うちの倅《せがれ》なんて図体《ずうたい》ばかりでかくて頭の中は空《から》っぽで。もう十七なのに虫ばかり追いかけて、何が楽しいのやら。本当に、先のことが思いやられます」

「藤蔵さんと散歩に出かけた折り、江戸川の川縁《かわべり》で虫を探しておられるところを稀《まれ》にお見かけします。橋太郎さんでしたね」

「あら、橋太郎をご存じでしたか。そう、あの子なんです。十七にもなった大男が虫捕りだなんて、お恥ずかしい」

「傍《はた》からはおかしく見えても、今は役に立たないと思われても、先がどうなるかを言い当てられる者はおりません。今の無駄な行いが将来もずっと無駄とは限らない。橋太郎さんが虫好きなのは、いずれ世の中に役立つ何事かをなすための定めを授かって生まれたからかもしれませんよ」

「まあ、うちの伜をそんなふうに言ってくださる方なんて、初めてです。先生ともなると人の見方が違うんですね。ありがとうございます。少しおまけさせていただきますね」

と、女房は機嫌よさげに言った。

「そうそう、ところで昨日、鉄砲坂の桜井さまがまた大清楼さんで暴れたんですってね。いやですね」

女房は粟焼の折詰を渡し代金を受け取っても、まだ話を止《や》めなかった。

「今朝、清蔵さんが、うちの菓子折を手土産に鉄砲坂のお屋敷へお詫《わ》びにいかれたそうですよ。お座敷でどなたかの粗相があったらしいって聞きました。桜井さまが手討ちにいたすとかなんとか、相当ご立腹だったとか」

「そうでしたか。詳しい事情は知りませんが……」

「でも桜井さまの狙いはお歌ちゃんなんでしょう。梅里って芸者名でお座敷に上がっていらっしゃるけど、本当に綺麗《きれい》ですものね。桜井さまはずいぶん以前からご執心なのに、お歌ちゃんが思うようにならないから、酔っ払って暴れるんですよ」

市兵衛は頷《うなず》いたばかりだが、女房は続けた。

「この界隈では、桜井さまを怒らせると仕返しが怖いんですよ。配下に気の荒い同心が何人もいましてね。乱暴を働くのでみな困らされています。性質《たち》が悪いんです。自分らがいるから天下泰平なんだって威張り散らして」

昨夜のあの侍たちだな、と市兵衛は女房の話を聞いた。

「ほい、できあがったよ」

店土間続きの仕事場を仕切る半暖簾《はんのれん》をくぐって、職人の亭主らしき男が二段積みの菓子箱を提《さ》げて現われた。

「あいよ」

女房の話が途切れたのを潮《しお》に、市兵衛は篠崎を出た。

九丁目橋を渡って、夕方の青白さがたちこめる白堀堤をいつものように取った。

上水の堤下に大男の橋太郎が、虫捕り網をかざして走っているのが見えた。

二

鎌倉河岸に小綺麗な店構えを見せる京風小料理屋の《薄墨《うすずみ》》は、夕の六ツ（午後六時）すぎにはご近所の商人《あきんど》や手代、裕福な隠居などの馴染《なじ》みの客で埋まっていた。

薄墨は料理人の静観《せいかん》が、二十数年前、京の八坂《やさか》の割烹《かっぽう》を閉じて江戸へ下《くだ》り、この鎌倉河岸に本物の京風料理を味わえる料理屋として開いた。

板場では六十をすぎた静観が、今なお矍鑠《かくしゃく》として包丁を握っている。

佐波《さなみ》は静観のひとり娘だった。

十六のとき父親・静観とともに江戸へ下り、若き女将《おかみ》として薄墨の切り盛りを始めた。気難しい料理人気質の静観をよく助け、よく働いた。

二十数年の歳月が流れ、佐波は四十に手が届く年になっていた。

娘のころの澄んだ熱情は、幾《いく》ぶん肉付きのよくなった胸の中へ仕舞いこまれたけれど、清楚《せいそ》な小紋の拵《こしら》えの奥に年を重ねたなりのふくよかさと上品さの香る艶《つや》を静かな湖面のように湛《たた》え、佐波は今なお界隈では評判の美人女将だった。

薄墨の馴染み客の多くは、佐波が独り身でいる事情を知っている。

佐波には、思う人がいる。

と言って、それは佐波の夫というのではなく、二十数年前、互いに心惹《ひ》かれ結ばれたときから長い年月をへて、変わらぬ相愛の思いを育《はぐく》み続けてきた好いた者同士、とでも言うべき思い人なのであった。

薄墨の三和土《たたき》の奥に、四畳半の座敷がある。

両開きの襖《ふすま》を開けると、京は嵯峨野《さがの》の風景画をあしらった衝立《ついたて》があって、備後《びんご》畳の青い小綺麗な四畳半に、壁に開いた明かり取りの格子窓《こうしまど》からはお濠端《ほりばた》とお城の城壁が、目隠しの竹林越しに見える座敷であった。

その夕刻、公儀十人目付筆頭・片岡信正と、右に配下の小人《こびと》目付・返弥陀ノ介、左に唐木市兵衛の三人が、その四畳半で宗和膳《そうわぜん》を囲んでいた。

八月になって、夏場に使っていたぎやまんの酒器を粟田焼《あわたやき》の陶器に戻した佐波は、銚子《ちょうし》にぬるめの燗《かん》にした灘《なだ》の下り酒を満たし、座敷へ運んでゆく。

佐波は信正の傍《かたわ》らに座り、新しい銚子に換えるとき、

「どうぞ」

と、信正へ酌《しゃく》をした。

「ふむ」

今年五十三歳になった信正が微笑《ほほえ》んで、ひと言応えた低い声が心地《ここち》よかった。

次に佐波は、弥陀ノ介に酌をする。

「畏《おそ》れ入ります」

信正と佐波の仲を承知している弥陀ノ介は、佐波への敬意を決して失わない。

信正の配下としてお役目ひと筋に働く武骨さの、その怪異な風貌《ふうぼう》の内面に秘めた心《こころ》根《ね》はとてもたしなみの深い侍だった。

それから佐波は唐木市兵衛の傍らへ廻り、手土産の礼を言った。

「お気遣い、ありがとうございました。父は甘い菓子と一緒にお酒をいただくのが好きなものですから大変喜んでおります。よくお礼を申すようにと言いつかりました」

「あ、いや。粟焼と申しましてもさしたる銘菓ではありません。音羽土産というより山の手の土産物として人気が高いと、菓子所の女房に教えられたものですから」

「今は音羽でお仕事ですか。どうぞ」

佐波は、信正の弟である市兵衛に酌をしながら訊いた。

「はい。九歳の男児の算学の指南をしております」

と、市兵衛はさらりと言って、佐波の酌を受けた。

「算学の……」

繰りかえした佐波は、算学が何か定かには知らない。
算盤勘定に似ているけれど、算盤勘定とは違うことならわかる。
ただ、信正と十五年の離れたこの弟は、仕種のひとつひとつが自然だった。
渡り用人を生業《なりわい》にしているというこの弟は、子供のころの思い出深い京の北山《きたやま》の、
深い木々や滝の、空の、吹きすさぶ風の息吹《いぶき》を、佐波に思い出させた。
秋には秋の、冬には冬の、春には、夏には……と佐波は思い続ける。
「ごゆっくり」
佐波は信正へ微笑みかけて座を立った。
信正がまた、ふむ、と心地よい声と笑みをかえしてくる。
座敷を出て襖を閉じたとき、話には聞いていた弟が江戸へ戻ってから、信正の様子
が少し変わったことに、佐波は改めて気が付いた。
何がどう変わったたか、上手《うま》く言葉にできない。
けれどもそれは、弟を見つめる信正の佇《たたず》まいのどこかに、父が倅を見守るような風《ふ》
情《ぜい》が感じられるためかもしれない、という気がした。
「なるほど。御持筒組頭の桜井長太夫は知っておる」

信正が手酌の酒を、ゆっくりと口に含んだ。

「梅里とかいう音羽の芸者にそれほど執心しておったのか。それにしても己の立場もわきまえぬ愚かな男だな。そういうことがご参政の耳に入ると、難しい事態になることが推量できぬのか」

「わたしへの仕返しはもうないと思うのですが、大清楼の主人一家にいやがらせをされては困ります。兄上からひと言、事を荒立てないほどに、それとなく言っていただければ有り難いのです」

「ふふ……わかった。それとなく釘を刺しておこう。番方《ばんかた》は粗暴な振る舞いをしても恥と思っていない節がある。結局は許されると思っている。弥陀ノ介、桜井の素行に注意しておけ。それなりの身分ある旗本が他愛《たわい》もない遺恨で町家に迷惑を及ぼすようなことがあっては、ちょっとみっともない」

「承知いたしました。お旗本が、武門の誉《ほまれ》などもはや塵《ちり》のごとくですかな」

弥陀ノ介は厚い唇の間より、瓦《かわら》をも嚙《か》み砕きそうな純白の歯並みを光らせた。

「身分に胡坐《あぐら》をかいて、身分を誰が支えているのか考えたことがないのだろう」

「桜井さまは、確か家禄二千石《ごく》ですな」

「己を省《かえり》みることなく、己が身分に値《あたい》する血筋であり、家禄に値する働きをしている人品骨柄《じんぴんこつがら》と思いこんでいるのだ」

　信正は市兵衛へ目を移した。

「旗本とはのどかなものだな、市兵衛」

「わたしには省みるべき身分がありませんので、なんとも言えません」

　市兵衛の答えに、信正がからからと笑う。

「梅里とは、それほど器量のいい芸者なのか」

　と、弥陀ノ介が市兵衛の手土産の粟焼をひとつ摘《つま》んで横から訊いた。

「護国寺門前一だと、菓子所の女房が言っていた。確かに、まっすぐ見るのがまぶしいほどだ。潑溂《はつらつ》として、心が縛られていない。そんな女だ」

　ふうん……と、弥陀ノ介が市兵衛の言葉に小首を傾《かし》げた。

「心が縛られていないか。市兵衛、乾《ほ》せ。一杯つごう」

　信正が市兵衛の盃《さかずき》に、とと、と酒をついだ。

「器量だけでは芸者の座敷は勤まらぬ。金のためではなく、己の芸で座敷に上がるのは、梅里がよほどの芸達者だからだ。おぬしに似ておる」

「ははは……似ておる者同士、また好いた惚《ほ》れたになるのではないか」

　弥陀ノ介が窪《くぼ》んだ眼窩《がんか》の底から、怪しげな笑みを寄越した。

「からかうな。またなどと、おまえに言われる筋合いはない」

「嫁をもらえ、市兵衛。おれはおぬしによかれと思うて言うておるのだ」

「おためごかしを。己の身を気遣え。おぬしこそどうなんだ」

「おれか？　おれはお頭ひと筋よ」

信正と市兵衛が揃《そろ》って吹き、言った弥陀ノ介が一番高笑いをまいた。

「戯《ざ》れ事でも、気色が悪いな」

市兵衛はおかしさを堪《こら》えかね、持ち上げた盃から酒がこぼれた。

「そうだ。話はそれるが、それで思い出したことがある」

そう言って、きゅっ、と盃を呷《あお》った弥陀ノ介が真顔に戻った。

「先だって、おぬしの様子を見に雉子町へいった折りだった。おぬしの裏店《うらだな》の前に饅頭笠《まんじゅうがさ》の僧が立っておった。墨染《すみぞ》めの衣に二間《けん》（約三・六メートル）ほどもある杖《つえ》をついておった。おぬしの家の様子をうかがっているふうだった」

「僧が、おれの店を」

「心当たりがあるか」

「ないわけではない。三月《みづき》前、雲水《うんすい》二人と剣を交《か》わした。もっとも、雲水を装った仕事人の兄弟だったが。二人の縁者なら」

「ああ、覚えておる。祇円《ぎえん》と修策《しゅうさく》だったな。しかし、ちょっと違う気がする。そんな物騒な仕事人の仲間とは思えなかった。むしろ、墨染めの衣に香を焚《た》きしめて、雅《みや》びた気配を漂わせていた」

「雅びた……」

「奈良から江戸へ托鉢《たくはつ》の旅をしてきた、と言っていた。長い杖が気になったので訊ねたら、春日山より祭礼のために切り出された樫《かし》で、神木ゆえ旅の守護の御標《みしるし》に携《たずさ》えておると答えた。不思議な僧だった」

束《つか》の間《ま》、市兵衛は沈黙した。

「奈良と春日山と、言ったのか」

と、それから訊いた。

「ああ、間違いなく言った」

「年は？　顔は見たのだろう。どんな風貌だった」

「饅頭笠を深くかぶっていたので、よく見えなかった。年寄りではない。と言って若い修行僧でもなかった。痩せていて、背はおぬしより高いかもしれぬ」

「春日山なら、平安の昔、興福寺の僧兵らが京の御所へ強訴《ごうそ》に及んだ春日神社のご神木ではないか。ただ、二間もある杖とは物々しい。鑓《やり》のようだ」

信正が言い添えた。

奈良と春日山――市兵衛は呟《つぶや》いた。

二十年の歳月を越え、市兵衛の心中に五重塔や僧房がありありと甦《よみがえ》った。

堂塔の後方に、樹林に覆《おお》われた御蓋《みかさ》山のなだらかな稜線《りようせん》が下っていた。

南都興福寺、市兵衛が十三歳で片岡の家を捨て上方へ上り、およそ四年数ヵ月をその僧房で暮らし、ひたすら強くなりたいと願い、寝食を忘れ、剣の修行にすべてを賭《と》した道場だった。

と同時に興福寺はまた、若き市兵衛に無意味という意味を教えた聖地でもあった。

三

同じ夜、室町からの大通りが本町の大通りと交わる辻に、饅頭笠と墨染めの衣の僧がひとり、二間ほどもある長い樫の生木《なまき》の杖を突いて、じっと佇《たたず》んでいた。

僧は地面へ目を落とし、長い間そうして物思いにくれていた。

しかしそれから、饅頭笠の縁をわずかに上げ、星が一面にまたたく秋の夜空を見上げた様子からは、東西か、南北か、進むべき己の道を見失ったかにも見えた。

僧の額《ひたい》には、薄っすらとひと筋の古い疵痕《きずあと》が走り、厳しい修行を積んで身に付けた物静かさに、不可解な違和をもたらしていた。

辻を北へ取れば本石町《ほんこく》の十軒店《じっけんだな》、南は室町から日本橋、東へ大伝馬《おおでんま》町などの日本橋の町地を抜けて両国広小路《りょうごくひろこうじ》、西は本町の金座《きんざ》があって、濠の向こうが江戸城である。大通りは昼間の賑《にぎ》わいが消え、大店《おおだな》や老舗《しにせ》が軒《のき》を連《つら》ねるどの表店《おもしだな》も、この刻限、戸締まりに怠《おこた》りない。

ゆきかかるのは大通りの彼方《かなた》の風鈴蕎麦《そば》の明かりに照らされる人や、呼び笛を夜道に響かせる座頭《ざとう》の、物寂しげな小さな黒い影ぐらいだった。

辻には町木戸があるけれども、それが閉じられることはない。

しばらくたって、江戸一番の大通りの辻に設けた自身番から、当番の家主とその夜の店番の二人が本町三丁目と記した提灯《ちょうちん》を提げて現われ、草履《ぞうり》と下駄の音を鳴らしつつ僧の傍らへと近付いていった。

気付いているのかいないのか、僧は二人に関心を示さず、佇む姿も変えなかった。

近付くにつれ、痩身《そうしん》だが僧の背の高さは二人が見上げるほどになった。

当番と店番は、僧の二間ほど手前まで近付き、足を止めた。

町内の五人組のひとりである年配の当番が、小腰を屈《かが》め言った。

「お坊さま、どうかなさいましたか。どちらへお出かけでございましょうか」

当番に問われて、僧は饅頭笠の下の顔を地面へ落とした。

当番と店番は僧がすぐに答えず、笠に隠れて顔も見えないことにわずかな不審を抱いた。手にした杖が異様に長い。

年配の当番は提灯を少し高く掲げ、これはただの杖なのか、と不安を覚えた。

「お坊さま、お持ちの杖はずいぶん長《なご》うございますが、それほど長い杖ではかえってご不便でございましょう。町中にては何かと間違いの起こる元でございます。わたしども町役人は御番所より町内の様々な事柄につきまして、物であれ人であれ、念のための調べをいたす旨《むね》のお達しを受けております。お坊さまに失礼とは存じますが、その杖をお持ちになる事情、お目当てをお聞かせ願います」

「お坊さま、どちらのお寺さまでございますか。明かりをお持ちでないのは夜道が物騒でございます。道にお迷いでしたら、ご案内いたしますが」

と、それは当番よりは若い店番が言った。

夜更《ふ》けの江戸の町を明かりもなく出歩くことは、禁じられていた。

僧は落としていた顔を、当番と店番へ廻した。

そのとき僧の衣の袖がゆれて、袖に焚きしめた香の薫風《くんぷう》が夜陰に流れた。

当番と店番は香りに促《うなが》され、ふと、顔を見合わせた。

「怪しき者ではありません。ご覧の通りの修行僧です。奈良より当江戸へ托鉢の旅を続けてまいりました。江戸に着いてより毎日、托鉢の修行のため江戸町地を廻り、今宵は慣れぬ土地ゆえ思いもよらず夜更けてしまいましたが、これより旅の宿をお頼みしております護国寺へ戻る所存です」

僧はよく通る凜《りん》とした声を上方訛《なまり》に乗せ、辻に響かせた。

「奈良より」

「護国寺が宿とはまた遠い」

当番と店番がそれぞれに呟いた。

「またこの杖は……」

言いかけた僧の足元に野良犬が、とぼとぼと歩み寄ってきた。

野良犬は僧の草鞋《わらし》と、歩き廻って汚れた白足袋《たび》の臭いを嗅《か》いで廻った。

僧は言葉を止め、足元の野良犬を見下ろした。

ふと、足元から顔を上げた野良犬は、見下ろす僧の眼差《まなざ》しに射すくめられた。

野良犬は怯《おび》えながらも、ぐるる……とうなった。

しかしそれからくるりと反転し、大通りの彼方へ一目散《いちもくさん》に走り去ったのだった。

目白坂上の小日向関口臺町に、その夜の深い帳《とばり》が下りていた。

武家屋敷の土塀《どべい》沿いの小路を鉄砲坂の方へ折れてしばらくいった町の一画を占める幸之助店。網代《あじろ》の塀に囲われた裏庭に、主屋《おもや》と並んで建つ土蔵の小さな明かり取りの窓から、土蔵内に灯《とも》した燭台《しょくだい》のほの明かりが、裏庭の暗がりにもれていた。

土御門神道の陰陽師《おんみようじ》・佐川山城の裏店《うらだな》である。

先月七月の下旬から、その土蔵に陰陽道の占いと祓《はら》いを生業《なりわい》にした土御門配下と称する十五名ほどの一団が逗留《とうりゆう》していた。

土蔵の板戸を開けると、半間（約九十センチ）四方の土間に続く小広い板敷に、十五の人影が肩を寄せ合い車座になっていた。

車座の中心には、燭台のゆれる炎に照らされた江戸の絵地図が広げられている。

それぞれの目が絵地図にじいっとそそがれていた。

土蔵の壁際には十五人が背負ってきた笈《おい》が並び、《日月干支相生相剋》の幟《のぼり》が立てかけてあった。

五尺五寸（約百六十七センチ）足らずの胸板の部厚い体軀《たいく》を黒帷子《くろかたびら》に包み、総髪を組紐《くみひも》で後ろに束《たば》ねた菊の助が、その幟を背に腕を組んで胡坐をかいていた。

太い指先に長煙管《ながギセル》を玩《もてあそ》んでいた。

菊の助の隣では、黒い被《かぶ》り物を思わせる髪を白衣の肩と背中から床まで垂らしたお万が、絵地図に目を向けるではなく、筮竹《ぜいちく》と算木を使い、一心に占いを続けていた。

六尺（約百八十センチ）近くある大女のお万の、たっぷりと白粉《おしろい》を塗り、燃える口紅を刷《は》いた妖艶な面差《おもざ》しに、薄っすらと汗が浮かんでいた。

勘平は目立たぬように身体《からだ》を縮め、頭の菊の助はもとより、菊の助の女房お万とも目を合わせぬように用心していた。

お万に睨まれると、勘平はわけもなく身がすくんだ。

小頭《こがしら》の五郎次が絵地図を指差し、さっきから声を低めて喋《しゃべ》っている。

「場所はこの五ヵ所、どの場所も勘平の案内で見て廻り、火付けには手ごろな場所と思《おめ》えやす。それから飯田町の堀留の近くに荷車を隠しておく格好の場所を、それも勘平と見付けておきやした。石置き場の裏手で、その辺りは夜更けに夜鷹《よたか》がうろつきやすが、荷車を止めておいても誰も怪しみゃあしやせん」

「荷車は絶対必要だ。見張りは付けるのけ」

菊の助が太い声で確かめた。

「念のため、あっしと勘平と松造《まつぞう》は人足風体《ふうてい》で夕暮れ近くにその場所へ荷車を運び、およそ四ツ半（午後十一時）まで荷車の見張りを兼ね、どうにかときをすごしやす。九ツ（午前零時）前には本町へ移動し、九ツの時の鐘《かね》を合図に次々と……」

それから五郎次は、翌朝明け方に荷物を運ぶ手筈《てはず》とそれぞれの分担を取り決めた。

ひと通り五郎次の話が終わると、菊の助は何服めかの煙管を吹かし、

「今夜はこれねえが、船の手配と古着を入れる長持《ながもち》は惣太《そうた》に任せて大丈夫だ」

と、代わって言った。

「頭、桜井家御用の名札も、大丈夫でやすね」

「抜かりはねえ。心配すんな。勘平っ」

「へ、へえ」

勘平はいきなり名指しされて飛び上がった。

「この仕事は江戸に詳しいおめえの働きが肝心《かんじん》だ。おめえはどうも肝《きも》っ玉が小せえ野郎だが、ここは一番、腹決めて存分に暴れてみせろや。おらんとこへ盗人《ぬすっと》に入《へえ》ったときみたいによ」

菊の助が言い、みながどっと笑った。

「へえ。まま、任せて、くだせえ」

頼りない口調にまた笑い声が起こったときだった。

「出た」

と、菊の助の隣のお万が算木を見つめて言った。

「どうだ、お万」

菊の助が訊いた。男らの目がお万へそそがれた。

「同じだで。八月十七日から八月晦日《みそか》まで。晦日が一番ええ」

「そうかい。やっぱり晦日かい。なら、障《さわ》りがねえ限り、晦日に決めてえところだが、できれば音羽の岡場所の手入れの日に合わせてえ。そうなりゃあ少しでも町方が手薄になる」

車座の男らが一斉《いっせい》に頷いた。

「けどこの日は、女が邪魔だ。どこのどんな女かはわからねえが、この女がおれらの仕事の障りになると、占いには出ている。女が邪魔だ」

お万が言い添えた。

「女？　ふん、構うもんけ。邪魔するやつは、女だろうが餓鬼《がき》だろうが、ぶった斬るまでよ。いいか、おめえら。虎穴《こけつ》に入らずんば虎児《こじ》を得ずだ。命を棒に振らなきゃあ功名は立てられねえ。徳川さまのお膝元、大江戸のど真ん中でおれたち菊の助座の一世一代の晴れ舞台だでよ。おれらの祭りだでよ」

菊の助の言葉に、男らの声が「おお……」と、低く太く静かにどよめいた。

第四章　祭りの準備

一

薄日のこぼれるその朝、音羽町五丁目の古着屋・美濃屋で手代を務める惣十郎は、山谷堀《さんやぼり》日本堤を浅草聖天町《しょうでんちょう》方面より取って、日本堤から衣紋坂《えもんざか》、柵《さく》が続く道端の高札場を右に見て、外茶屋が並ぶ道を大門へ突き当たった。

五間《けん》（約九メートル）幅のお歯黒《はぐろ》どぶ総堀に忍び返しのついた塀《へい》を廻《めぐ》らした吉原への嫖客《ひょうかく》の出入り口は、この大門ひとつである。

大門は両開きの粗木な板塀門で、門をくぐった惣十郎の真正面に仲《なか》ノ町の、昔は遊女がここで客と待ち合わせたという待合の辻があって、そこから大通りが朝の気怠《けだる》い薄日の先へまっすぐ延びていた。

朝帰りの嫖客が、廓《くるわ》の若い者や遊女に見送られて、仲ノ町の中央通りを大門の方へ歩いてくるのがちらりほらりと見えた。

思った以上に寂れていた。

これなら音羽の方が朝も賑《にぎ》やかだぜ、と惣十郎は朝帰りの嫖客の意外な少なさににやついた。

門内すぐの左手に隠密廻《おんみつまわ》り方《かた》の詰める面《おもて》番所、右袖《そで》に廓の差配や町奉行所との連絡や女通り手形の改めなどをする四郎兵衛《しろべえ》会所が設けてある。

四郎兵衛会所の土間へ入り、会所の表間で文机《ふづくえ》について帳面付けをしている五、六名の、上がり端に近い番人のひとりに、「畏《おそ》れ入ります。わたくし、音羽町五丁目よりまいりました……」と声をかけた。

会所に詰めていた番人は、音羽からわざわざ出向いてきた惣十郎の用件のあらましを聞くと言った。

「そういうお訴えでしたら、当番の名主《なぬし》さまにお話しいただいた方がよろしいかと思われますので、少々お待ちください」

と惣十郎は、接客の間らしき四畳半ほどの部屋へ通された。

茶が出てほどなく、仕立てのよさげな濃い鼠《ねずみ》色の長着に紬《つむぎ》の羽織をまとった当番名主が、小股を忙《せわ》しなげに歩ませて現われた。

「当番名主を務めます浅井柳三郎《あさいりゆうざぶろう》でございます。わざわざ、音羽よりお越しとうかがいました。ご用件をおうかがいいたします」

江戸には名主組合が二十一番組まであり、享保《きようほう》より品川《しながわ》と吉原に番外の名主組合が二組設けられていた。

「名主さまに畏れ多いことでございます」

惣十郎は改めて名乗り、「本日おうかがいいたしましたのは……」と、早速に用件を切り出した。

用件は岡場所取り締まりの、警動《けいどう》の訴えであった。

音羽町九丁目には子供屋と言われる置屋《おきや》が二軒あって、女郎と芸者を多く抱え、表通りは色茶屋を兼ねた料理茶屋が派手はでしく見世《みせ》を構え、路地裏には夥《おびただ》しい局見世が軒《のき》を連《つら》ね、音羽の岡場所と評判を呼んでいかがわしい賑わいを見せている。

しかしながら、岡場所が賑わう反面、女郎や芸者に群がり食い物にする破落戸《ごろつき》が界隈《かいわい》に集まりわが物顔で往来し、嫖客と見世のいざこざが後を絶たず、喧嘩に強請《ゆすり》、騙《かた》りが増え、傍目《はため》に見ても町内の風紀の乱れと乱脈ぶりは目に余るものがあった。

それが九丁目の岡場所に留《とど》まっているうちは致し方ないとしても、由緒ある護国寺の門前町で真っ当に商《あきな》いを営む商人《あきんど》や暮らしを立てる住人のみならず、護国寺参詣《さんけい》の人々にまで迷惑を及ぼす事態が起こっている、というのである。

岡場所が賑わいを見せるのにともない、逆に商いや暮らし、あるいは参詣に障《さわ》りが出始めており、これはなんとか手を打たねば、と町内で談合が持たれていた。

表店《おもてだな》の主人や各町内の主だった人々のみならず、惣十郎ら奉公人の間でも、近ごろの九丁目界隈が物騒だ、と何人かが集まると話が尽きなかった。

みなで御番所へ取り締まりを訴える話し合いがあったほどだった。

「ですが、名主さまはご存じではございましょうが、護国寺は畏れ多くも、五代将軍綱吉さまご生母・桂昌院さま所縁《ゆかり》の名刹《めいさつ》でございます」

と、惣十郎は身体《からだ》を縮めて訴えを続けた。

「青柳町、音羽町、櫻木町の門前町は、いずれも桂昌院さま所縁のご門前をお慰《なぐさ》めするため、青柳さま音羽さま櫻木さま、奥女中お三方さまが拝領なされた町地でございます。岡場所もその折りに特別のご配慮でお許しになられたもの。ゆえに、そのような特別な場所の取り締まりを、町役人が訴えるのはどうかとはばかられ、仕方なく放任されてまいったのでございます」

「音羽の岡場所の評判は聞いています。確かに、音羽と根津《ねづ》は御番所でも取り締まりに手心を加えております」

「中でも、九丁目の料理茶屋を表看板に立てます大清楼なる色茶屋の乱脈紊乱《ぶんらん》ぶりは凄《すさ》まじく、町内の色茶屋の中心となって差配し、日ごろより卑《いや》しき女衒《ぜげん》が出入りして、大清楼でも芸者と女郎を抱え、地廻りまがいの男らを若い者という名目で用心棒代わりに雇い、女郎買いのみならず、ご法度《はっと》の賭場《とば》まで開いて近在のお百姓を呼び寄せお金をむしり取る手口は、目に余るものがございます」

「ほお、大清楼ですか。そういう見世があるのですか」

「せめて大清楼が今少し慎んでくれれば、町内の風紀も幾《いく》ぶんかは改まると思われ、町役人さんらが談合し、申し入れられたのですが、大清楼の清蔵という主人は、何が悪い、てめえらの店なんぞひねり潰《つぶ》すぞ、と逆に居直って脅す始末。まったく聞き入れる様子はございません」

　柳三郎は、ふうむ、と一々うなり声を上げた。

「それゆえ、町内の表店の手代仲間らと相談し、仲間のある者らはお知り合いのお侍さまに町奉行さまへ町内の訴えをお願いし、こちらの会所へは、本日はわたくしがお店より休みをいただき、町役人でもない手代の身で僭越《せんえつ》ではございますが、わが町の事情をお訴えにまいった次第でございます」

「では、音羽の町役人さんらの依頼というのではないのですね」

「はい。町役人さんらは立場上やはりはばかりがおありになるようで、わたしどもがこれは放ってはおけぬと考え、わたしどもの仲間内のみで判断いたしたことでございます。お奉行さまへの訴えを知り合いのお侍さまにお願いいたしましたのも、町役人さんらの手前、訴えを表沙汰《おもてざた》にせぬためでございます。やはり、わたしどもでは駄目でございましょうか」

「いえいえ、実情がまことであれば、どなたが訴えられようと同じことです。ご公儀の定めでは、岡場所は禁じられておりますのでね。しかし岡場所を取り締まると申しましても、ひとつ取り締まればまた新たにひとつ生まれと、雨後の筍《たけのこ》のごとき実情でして、簡単ではないのです。ですが、美濃屋の惣十郎さんでしたね。あなたのお考えはまことによくわかりました。至急に当会所にて協議いたします」

惣十郎は「何とぞ……」と、頭を深々と垂れた。

「念のためおうかがいいたしますが、お願いなされたお侍さまとはどちらさまでございましょうか。よろしければお教え願えませんか」

「はい。名主さまの胸の内にお含みいただくということでお願いいたします。そのお方は公儀御持筒組頭のお役目に就《つ》かれておられますお旗本の、桜井長太夫さまでございます。目白台の鉄砲坂にお屋敷がございまして、音羽のわたしどもの店でもごひいきをいただいております」

「御持筒組頭の桜井長太夫さまですか。存じております。御持筒組頭のご身分のお旗本もご承知とあれば、これは捨ててはおけませんね。少々手荒な手段を使うことになりそうですな」

柳三郎がそう言って唇をへの字に結んだ。

会所の表で艾《もぐさ》売りの売り声が聞こえていた。

四半刻（三十分）後、惣十郎は浅草田《た》町二丁目の日本堤の河岸場《かしば》から、猪牙《ちょき》に乗った。

猪牙は牛込の揚場《あげば》町の貸船屋《菱川《ひしかわ》》で、吉原へくるために頼んだ。

船頭は菱川雇いの重吉《じゅうきち》という男である。

猪牙が山谷堀を大川へと滑《すべ》り出した。

頬《ほお》かむりの重吉の漕《こ》ぐ櫓《ろ》が、ごと、ごと、と水面《みなも》にこぼれていた。

空の一角に薄日が差し、白っぽい空が広がっている。

川縁《かわべり》の水草の間を鴨《かも》が浮かんでいる。

胴の船梁《ふなばり》にかけた惣十郎が重吉へ振りかえった。

「重吉さん、もう間もなくだ。腹は決まっているね」

惣十郎は言った。

「へい。決まっておりやす。このまま細々と生き長らえたって、つまらねえ一生だ。どうせいつかは人は死ぬ。いき着く先が同じなら、一《いち》か八《ばち》か、一生に一度の大博奕《おおばくち》に張るのはおらの命。後戻りはありやせん」

重吉が櫓を漕ぎながら言った。

「その意気だ。心配はいらないさ。おれたちはこれまで一度も縮尻《しくじ》ったことはありゃしない。重吉さんは金を懐《ふところ》に上方へでも上って、面白おかしく暮らすんだね」

「ああ、上方でやすか。いいすねえ。一度、上方見物がしてみたかったたんだ」

惣十郎は猪牙の前方へ顔を戻し、にんまりと笑みを浮かべた。

船頭の重吉は、上方見物のことを考えると、夜も眠れない怖さを忘れ、胸が躍《おど》った。

二

江戸城菊之間から芙蓉《ふよう》之間を抜けると表茶所御用の井戸があり、西側と南北に板縁が黒光りしている廊下が井戸の三方を廻《めぐ》っている。

南側の縁廊下は紅葉《もみじ》之間御椽《えん》へ通じていて、御持筒組頭・桜井長太夫は、朋輩《ほうばい》の御持筒組頭四人、同じ菊之間南敷居外の御持弓組頭三人らと談笑しつつ、縁廊下を紅葉之間御椽の方へゆるい歩みを運んでいた。

中背《ちゅうぜい》の肉厚な胸を反《そ》らせ、背丈以上に肩をそびやかせて歩くのが癖の桜井長太夫は女哭《な》かせの長太夫で通っていて、それを自ら吹聴《ふいちょう》してはばからなかった。

「その端女《はしため》が洗濯いたしてこちらへ向けておる尻がでかいのだ。まるで早《はよ》う弄《なぶ》ってくだされとおれにねだっておるような気がした。ねだられて応《こた》えぬわけにはいくまい、男としては。あはは……ゆえにおれはそのでかい尻をこう、ぐいっと……」

などと、吉原の遊女がな、町芸者の誰それが、奥付きの女中のなんとかが、女の身体は触れられると……と、戯《たわむ》れた女の数や手練手管《てれんてくだ》の濡《ぬ》れ場を、恥じらいもなく語って聞かせるのが好きな男だった。

そのとき、桜井を入れた公儀番方高官八人が廊下をゆきながら談笑する話の種は、桜井の妻妾話《さいしょう》だった。

桜井が、音羽町九丁目にある料理茶屋・大清楼の娘でありながら座敷に出て接客を務めている美人で評判の芸者・梅里を、妻妾に迎え入れようとしている執心《しゅうしん》ぶりは、同じ菊之間南敷居外詰めの朋輩らに知れ渡っていた。

ほかの女なら口説き落とした自慢話や情事の一部始終を語りたがる桜井が、半年も前より執心の梅里の口説き話になると、近ごろ、途端に歯切れが悪くなった。

城中をはばかりつつも、八人の下卑た笑い声が廊下にこぼれる中で、御持筒組頭のひとりが言った。

「おや？　ということは、まだ梅里の妻妾話は進んでおらぬのか」

「なんだと。まだ進んでおらぬ？　存外不甲斐《ふがい》ないではないか。今年の正月、向こうから言い寄られて困っていたのではなかったのか。うふ、うふ……」

と、別の御持弓組頭が半年前の話を持ち出し、からかい半分に質《ただ》した。

「進んでいない、わけがなかろう。だが妻妾に迎えるのは、一夜を共にするのとは事情が違うのだ。年のせいか、このごろ奥が妙に悋気《りんき》を出しおって、おれとて思うままにとはいかぬ。ゆえにときがかかっておるだけだ」

「ほお。一夜だろうが二夜だろうが、そっちの方はしっぽりともう共にしたのか」

「も、もちろんだ。そうでないわけがなかろう」

桜井はにやにやしている左右の朋輩らへ、真顔をかえした。

「まことか、おぬし。一夜だろうが二夜だろうが、得意の強引に組み敷いてたっぷり哭かせてやるはずが、梅里に袖にされたのではないか」

「まさか。桜井自慢の何を前にして、袖にする女など、おるわけがなかろう。そうだろう、桜井。うふ、うふ……」

「だからそうだと、言うておる」

「とかなんとか言いながら、梅里はおぬしの手に負えなかったりしてな。はは……」

「しっ。声が高い」

うふふふ……くすくす……

と、じゃらじゃらと桜井の周りで笑い声が起こった。

「桜井。梅里とはそれほどの芸者なのか」

「ううん？　うん、まあな。護国寺門前一の器量と言われておる。三味線《しゃみせん》に踊り、長唄、どれも絶品だ」

「しかしおれに言わせれば、音羽の芸者は、金で転ぶくせに妙に気位が高くて気に入らん。梅里だろうが誰だろうが、芸者は芸者だろう」

周りの言葉に桜井が、ふ、と頰をふくらませたときだった。

「桜井どの」

と、重たげな声が桜井を呼んだ。

声の方へ八人が一斉に向くと、井戸の南側縁廊下の先に、藍《あい》の裃《かみしも》が凛々《りり》しい十人目付筆頭の片岡信正が、しゃちこばらぬ物静かさの中に佇《たたず》んでいた。

片岡はさり気ない笑みを浮かべている。

八人は片岡信正とわかってわずかに姿勢を正し、どうも、と会釈《えしやく》を投げた。

紅葉之間の先に御目付部屋がある。

目付の主な役目は幕府の旗本御家人の監視役である。のみならず、若年寄、御老中の日常の行動へ目を配り、大名に対しても監視を怠《おこた》らない。

配下に徒《かち》目付と小人《こびと》目付を従え、それらを陰に陽に使って情報を集め、厳格に役目を執行した。

特に小人目付は隠密目付とも呼ばれ、目付の手足耳目となって働いた。

桜井家は家禄《かろく》二千石《ごく》であり、家禄千五百石の片岡家より家格は上だったし、職禄においても、御持筒組頭千五百石は目付よりも高い。

桜井は城内では片岡の上席にあった。

でありながら桜井は、目付・片岡信正が苦手であった。

片岡はほのかな笑みを浮かべたまま、澱《よど》みなく桜井らの方へ歩んでくる。

一間ほど手前で立ち止まり、手を膝《ひざ》に当て恭《うやうや》しく、しかし軽い一礼を寄越した。

五十を越えているはずだが、桜井よりやや上背のある痩軀《そうく》の伸びやかさが、衣の下に隠れた鍛《きた》えた身体の強靱《きょうじん》さを思わせた。

「桜井どの、お盛んのようですな」

身体を起こした片岡が、穏《おだ》やかに言った。

「うん？　いや……」

言われた桜井は、背丈以上にそびやかせるのが癖の肉の盛り上がった肩をすぼめ、井戸の方へ決まり悪げに顔を向けた。

「方々《かたがた》もご活発に歓談なされ、さすがは番方衆を率《ひき》いておられる日ごろの勢いが伝わってまいり、頼もしき限りです」

八人は、融通の利《き》かぬ一徹者と聞こえている片岡のやわらかな物言いに照れ笑いをかえし、袴《はかま》を鳴らした。

「この世に男がいて女がいるのです。武勇を誇る方々が麗《うるわ》しき女らと流した浮名を数え、首尾の具合に花を咲かせるのはよくある自慢話。それがしも嫌いではありません。しかしながらここはご城中。野暮は申すつもりはありませんが、武門のたしなみも考慮し、あまり声高《こわだか》な男の自慢話はお控えあってしかるべきかと」

「片岡どののご忠告通り。われら、埒《らち》もない愚痴《ぐち》話につい興が乗って、抑えたつもりがわきまえもなくご城中を騒がせ、失礼いたした。のう方々、慎まねば」

中のひとりが言い、「さよう」「いかにも」と後の者らが苦笑を交《か》わし合った。

「では、片岡どの、われら用がござるゆえ、ご免」

「桜井どの、少々よろしいか」

立ち去ろうとした八人は、また立ち止まった。

「何か」

桜井が振りかえり、唇を尖《とが》らせた。

「ただ今お噂《うわさ》の、音羽の梅里、とか申す護国寺門前一の芸者と、かかわりがおありなのかそうでないのか、定かには存じませんが、手の者が聞き付けた噂話がわれらの耳に届いております」

「噂話？　音羽で」

「さよう。埒もない噂話、と思われます。が、われら目付、どんなつまらぬ噂話や評判であれ、念のため確かめるのが役目上の性《さが》、と申しましょうか、一応の調べを行う務めがござる」

桜井は怪訝《けげん》な表情になっていた。

ほかの者らは、幾ぶん離れて片岡と桜井を見守った。

「梅里とか申す芸者は、音羽町九丁目の料理茶屋・大清楼の娘でありながら、芸事《こと》が達者ゆえに大清楼の座敷で芸者勤めをしていたのが、芸事のみならず器量のよさが殊のほか評判になったらしいですな。桜井どのが梅里に執心なされ、しばしば大清楼へ上がられ梅里を呼ばれておると、それも報告が入っております」

「隠し立てするつもりはござらん。訊《たず》ねられればお答えいたします。目付どのが密《ひそ》かに詮索《せんさく》なさらずとも。片岡どのとて、鎌倉河岸に女を囲うておられると、噂が聞こえておりますぞ」

「畏れ入ります。桜井どのが梅里に執心なさるのは勝手。それをとやかく申すのではありません。ただ、梅里に執心のあまり、自分の思い通りにならぬのを恨みに思われ、大清楼において乱暴狼藉《ろうぜき》の振る舞いに及ばれたとか」

桜井は黙って顔をそむけた。

「また、音羽界隈では桜井どのの望む通りにせぬと後の仕返しが怖い、などとの噂がもっぱらである、と桜井どののようなご身分の方にあるまじき報告もあって、これはひと言、お伝えしておくべきと考えました」

「無礼な。何を証拠にそのような……」

「証拠を見せよ、証拠がなければ振る舞ったことにならぬ、と仰《おつしや》るおつもりなのですか。己《おのれ》の行いをもっともよく知る侍の、それが潔《いさぎよ》い身の処し方と、お考えですか」

片岡はさり気ない笑みを消さなかった。

「桜井どの。そのような訴えが町家よりもたらされたのではありません。わが手の者らが、桜井どのの平生の品行をどこまで調べたのか、その報告に証拠があるのかないのか、今はそれを申すつもりもありません。ですが、振る舞いにお慎みがなければ、これまで以上に詮索を進めねばならなくなります。そのような煩《わずら》わしき事態を避けたいがゆえに、ご無礼とは知りつつご忠告申し上げております」

桜井は返答に詰まった。

ゆるみの見える目の下に、薄っすらと汗を浮かべた。

「ささいなことを根掘り葉掘りと、ご不快ではありましょうが、これも目付の役目ゆえ、何とぞお許しください。みなさま方のご用の向きの途中、このようなところで突然お呼び立ていたし、失礼いたしました。ではこれにて、ご免」

片岡は、桜井からやや離れて待っている朋輩らへゆるやかな礼を投げ、西側の廊下を速《すみ》やかに歩み去っていった。

「無礼なやつだ」

片岡の後ろ姿が廊下を折れて見えなくなってから、御持筒組頭のひとりが言った。

「まことに、偉そうに澄ましおって」

と、別のひとりが姿の見えぬ片岡をなじった。

折りしも、城中に四ツ（午前十時）を報せる太鼓が鳴り始めた。

紅葉之間御椽を坊主らがゆきすぎていく。

「桜井、気にするな。いくぞ」

桜井はいまいましげに唇を歪《ゆが》め、片岡の消えた縁廊下の先を睨《にら》んだ。それから、

「すまん。先にいってくれ。おれは用を思い出した。後から追いかける」

と、朋輩らへ答えた。

「用を？　どこへ」

「芙蓉之間の榊原《さかきばら》どのだ。北町の榊原どのの今日の予定を訊ねるだけゆえすぐ済む」

芙蓉之間は、桜井らのいる紅葉之間御椽側の縁廊下から北側へ戻ってすぐにあり、

諸大夫《しょだいぶ》の官位を持つ、寺社、勘定、町の三奉行らの殿中の席次となる間である。

芙蓉之間席次の北町奉行・榊原主計頭忠之《かずえのかみただゆき》と桜井とは、昔より懇意《こんい》の間柄だった。

三

昼になって、市兵衛と藤蔵の膳を歌が運んできた。

「お昼ですよ。お腹すいたでしょう」

華《はな》やかな笑みを絶やさない歌が二人の前に膳を並べ、給仕の支度《したく》をする。

藤蔵は朝からの暗算の稽古《けいこ》と算学の勉強に疲れ、「ふう、くたびれたぁ」と手足を投げ出した。

「くたびれたかい。じゃあ、ご飯を一杯食べて元気を取り戻すんだよ。はい、先生も元気を出して、どうぞ」

と、歌がご飯を山盛りにした碗を差し出し、屈託なく明るく言うと、疲れた頭と身体がほぐされた。歌の給仕で摂《と》る飯も旨《うま》かった。

市兵衛と藤蔵の、光成館の試問の勉強は半ばの半月がすぎた。

わずか半月で、藤蔵は課題を次々にこなしていき、市兵衛は藤蔵の頭のよさに感心させられ続けている。

　そこで市兵衛は暗算の稽古を午前の一刻（二時間）ほどで切り上げ、勉強を終える夕刻の七ツ（午後四時）まで、算法の指南と算学の問いを解かせることに重点を移していった。

　藤蔵の能力の高さがあれば、その方がより力を付ける勉学法に思われた。

　昼飯が終わりかけたころ、代吉《だいきち》という下男が、

「先生、宰領屋の矢藤太さんという方がお見えでやす」

と、知らせにきた。

「矢藤太が？　なんだろう」

　市兵衛は素早く昼食を済ませ、矢藤太が待っている勝手口へ廻った。

　御用聞きや使用人が出入りする勝手口は、板場横の囲炉裏《いろり》のある板敷続きの落ち土間にある。

　口入れ屋の主人より遊び人風の派手な波柄の小袖を着流した矢藤太が、板敷の上がり端に腰かけて、下男ひとりに下女三人らと賑やかに言い交わしていた。

　みな矢藤太と顔見知りなのか、ずいぶん親しそうに見えた。

「矢藤太、待たせた。何かあったか」

近ごろ少し肉の付いてきた矢藤太の背中に、声をかけた。

矢藤太は市兵衛へ振りかえり、おう、と頷いて、「じゃあ、みなさん、また」と会釈を下男や下女らに送り、立ち上がった。

「何かあったわけじゃねえが、市兵衛さんの様子を見にきたのさ。大清楼さんのご要望にちゃんと応えているかどうかをね」

「なんだ。そんなことを確かめるためにわざわざ神田からきたのか」

「風任せの気ままな市兵衛さんのことが、つい心配になった」

「先生は真面目《まじめ》な方だから、ご主人方の評判も上々だで」

と、代吉が言い添えた。

「先生はいい男だし、ご主人も女将《おかみ》さんもお気に入りだよね」

「そうそう、特にお歌ちゃんがね」

「そうだよね。お歌ちゃんが特にね。あははは……」

下女らが言い合った。

「なんだい、お歌ちゃんとは。そんな話、おれは聞いてねえよ」

「あははは……お歌ちゃんは門前町一の器量よしさ」

あははは、うふふ……と下女も下男もあけすけに笑っている。

「驚いたね、こいつあ。市兵衛さんのいつもの鮑《あわび》の片思いってやつかい」

片思いと聞いて、下女らがまたどっと笑う。

「矢藤太と一緒にするな。お歌さんとはこちらの娘さんだ。そんなはずがなかろう」

「こちらの？　そいつあもっと放っとけねえ。お歌さんは幾つだい」

「言い寄る男は数知れず。若年増《わかどしま》の二十三。いい年ごろだねえ」

下女のひとりが、おかしそうに答えた。

「そうか。目を離したらすぐこれだ。隅《すみ》に置けねえ」

「いい加減にしろ。そんな用ならおれはいくぞ」

「まあそう言わずに、市兵衛さん、出られねえかい。ちょいと伝えておきたいことがあるんだ。じつはその用できたのさ」

矢藤太は笑みをこぼしつつも、顔を外へ振った。

「なんだ。用があるのなら早く言え。長くは出られぬぞ。午後の勤めがある」

「すぐすむ。船で戻るので江戸川橋まで見送ってくれよ。歩きながら話す。大した用じゃねえが、どうしても伝えておきたくてさ」

「そうか……」

矢藤太は意外にも真顔になった。

「断わってくるので、表で待っていてくれ」

市兵衛と矢藤太は九丁目と八丁目の境の横丁から、音羽の御成道へ出た。

昼を廻って、午前の薄日が陰ってはっきりしない天気になっていた。

それでも護国寺の参詣客が御成道に絶えず、ばかりか、昼間から芸者を呼んでひと浮かれにと茶屋へ上がる客もいるし、局見世の女郎目当ての嫖客も少なくなかった。

目白台から大塚にかけて大名の下屋敷や組屋敷などの武家地が音羽を取り巻いているせいか、存外、侍の姿も多い。

「音羽は江戸へ下ってすぐのころ、女房と護国寺へ参詣にきたとき以来、今日で二度目だ。江戸は広いよな。場末の田舎《いなか》にこんな大きな町があるとは思わなかったぜ」

矢藤太は人通りを見廻して、感心している。

「大清楼の使用人らと親しそうだったな。知り合いだったのか」

「初めてだよ。神田で請《う》け人宿をやっているから、なんかあったら力になるぜ、と言ってやったのさ」

「それだけか」

「それだけさ。みんな日本橋の大店《おおだな》の奉公口はないかと訊いてきた。大店は見た目も給金も確かにいいが、難しい制約が多くて大変ですぜ、と教えてやったがね」

如才ない男である。

矢藤太との付き合いが始まったのは、市兵衛が大坂から京へ上って烏丸《からすま》通りの貧乏公家の用心棒と家宰《かさい》を兼ねた青侍になって半年ほどがたったころだった。

市兵衛の主人である公家が、同じ貧乏公家の知人の娘を女衒にこっそり世話をし、結構な謝礼を手にしていた。公家の娘の女郎は島原で人気があった。

主人の使いで女衒の矢藤太を訪ねたのが、この男との出会いだった。

二人は同い年で、そのころはまだ二十代の半ばにもなっていなかった。

矢藤太は年の割には如才ない男で、腕のいい女衒であることがすぐにわかったけれど、だが悪辣《あくらつ》な人買いではなかった。京近郊の貧しい水飲み百姓や、貧乏公家の娘がどうせ売られるのなら、

「わしが島原の割のええ見世、世話したるで」

と、結構親身になるところが妙な女衒だった。

そして、女衒で儲けた金を明日のためより今日の享楽に平気で蕩尽《とうじん》し、刹那《せつな》に生きているような男だった。

この男の如才なさは、己の身を軽々と捨ててかかっている性根《しょうね》から生まれているのを知って、市兵衛は矢藤太に共感を覚えた。こういう男がいるのか、と思った。

矢藤太にしても、無謀にも己の才覚ひとつで生き抜こうとしている市兵衛の性根と、気心の相通じる所感を抱いたのだろう。

「市兵衛さん、遊びにいこか」

市兵衛と矢藤太は京の盛り場をつるんで遊び歩く、いつしか放蕩仲間になった。

河原《かわら》町界隈の女郎屋を営む親分ともめ事を起こし、

「あの阿呆《あほう》に灸《やいと》すえたらんかい。仲間のさんぴん侍と一緒に簀巻《すま》きにして、鴨《かも》川へ捨ててまえ」

と、二人して命を狙われ、二十名近いやくざらと刃《やいば》を交わしたこともあった。

矢藤太とともに白刃《はくじん》の下をくぐったのは、それ以後も一度や二度ではない。

けれども、市兵衛が京を去るまでのおよそ七年、矢藤太と奇妙な変わらぬ友情を育《はぐく》んだのは、若い二つの性根が互いに共鳴し合う不思議な何かがあったからだ。

市兵衛が三十になる前に京を出て諸国を廻り、三十四で江戸へ戻ったとき、矢藤太が神田三河町の請け人宿《宰領屋》へ出戻り娘の養子婿《むこ》に入り、根っからの神田育ちのように振る舞って、宰領屋の亭主に納まっていたのには驚かされた。

宰領屋の先代が上方へ旅をした折り、京の島原で出会った矢藤太の気風《きっぷ》が気に入ったらしく、「おまえさん、江戸へ下らねえか」と誘われたという。

矢藤太の如才なさは、昔からそうだったのである。

だが市兵衛は、矢藤太のちょっとやさぐれた如才なさが、じつは嫌いではなかった。

矢藤太の如才なさは、この男の軽みに似合っていた。

「市兵衛さん、京にいたころは楽しかったな。二人とも若くてさ」

矢藤太が音羽通りをゆきながら、しみじみと言った。

「どうした。矢藤太が昔を振りかえるのは珍しいな」

二人は櫻木町を抜け、神田上水に架かる九丁目橋を渡り、すぐに江戸川に架かる江戸川橋まできた。

橋の向こうは関口水道町である。

彼方《かなた》の白く曇った空の下に早稲田の野が見晴るかせた。

橋の袂の河岸場に、数艘《そう》の艀《はしけ》が係留してある。

二人は江戸川橋の手摺《てすり》に凭《もた》れ、川面《かわも》を見下ろした。

真鴨が川縁の水草の中を探っていた。

「別に気にすることはねえと思うんだが、昨日、市兵衛さんのことを訊ねて、うちへ坊さんがきた。年は市兵衛さんやおれより少し上の四十をすぎたころで、細面《ほそおもて》だが、日焼けして精悍《せいかん》な風貌《ふうぼう》の背の高い坊さんだった。上方の訛《なまり》があってな。懐《なつ》かしくなって坊さんと少し話したんだ。名は確か真達《しんだつ》、覚良坊《かくりょうぼう》真達と言っていた。生まれは京のお公家さんで、十代のころ、興福寺の堂衆になったそうだ」

矢藤太は手摺へ肘《ひじ》を乗せ、市兵衛へ身体を向けた。

「二十歳をすぎて、興福寺子院の宝蔵院《ほうぞういん》の胤憲《いんけん》という師に師事して、修行に明け暮れたと言っていた。今は胤憲を継いだ胤懐《いんかい》という偉い坊さんに師事しているらしい。その真達さんが興福寺の堂衆だったころ、出家はせずに、堂衆とともに法相とやらの仏法を学びともに廻峯《かいほうぎょう》行に専念していた若い侍がいたそうだ。侍というより、童子がやっと若衆になったような若者だった、と言っていた」

市兵衛の心中に春日山の小高い峰々が甦《よみがえ》った。

濃い緑が青空の下で燃えるようだった。

野焼きの火が若草山《わかくさ》を走り、煙が空高くたなびいていた。

「覚えているかい、市兵衛さん。真達という坊さんのことをさ」

うむ――市兵衛は短く応えた。

「真達さんは市兵衛さんが忘れられない、と言っていた。修行の旅に出て、どうしても市兵衛さんに会いたくなって江戸へきた、とね。おれは訊かれるままに市兵衛さんの暮らしぶりを話そうと思った。ともに学んだ懐かしい友だと思ったからね。真達さんは仏に仕える悟りを開いた物静かな坊さんにも見えたし。けど……」

矢藤太は言葉を切り、首をひねって少し考えた。

「おれは教えなかった。真達さんに言ったんだ。お疑いするのではありません。念のため市兵衛さんにうかがい、市兵衛さんが承知ならばお教えいたします、とね。明後日、もう一度お訪ね願えれば、と言った」

興福寺で初めて真達に会ったとき、鋼《はがね》のように鍛《きた》えた強靭《きょうじん》な体軀に、研《と》ぎ澄まされた身体の不気味さに、市兵衛は息を飲んだ覚えを忘れたことはない。

「そしたら、真達さんはにっこりと微笑んで、いや結構ですわ、と言ったんだ。ただな、市兵衛さんに会う機会があるなら真達が奈良からきたと、それだけを伝えてほしいと頼まれた。それだけ伝えればわかるとさ。市兵衛さん、それでわかるかい」

「うむ、わかった」

「ええ？　それだけでわかるのかい」

「わかるよ」

市兵衛は笑って繰《く》りかえした。そして、怪訝《けげん》な表情になった矢藤太に訊いた。

「矢藤太は真達という坊さんが、仏に仕える悟りを開いた物静かな坊さんと見えたのに、なぜおれのことを教えるのを躊躇《ためら》った。懐かしい友と、思ったのだろう」

「そうなんだが、真達さんの額に、すっと、古疵《ふるきず》の痕《あと》がかすかに走っていてね。そいつが、真達さんの物静かな深みのある顔を、ほんの一瞬、凄まじい怒りの相貌に変えて見えたのさ。おれはぞっとした。背筋が寒くなった。間違いなく怒りの顔付きだった。一瞬のことだがね。勘が働いたのさ。今は話すのをよそうって。それでよかったのか悪かったのかは、わからねえが」

江戸川橋の河岸場から、一艘の艀が護国寺参詣の帰り客と思われる男女を数人乗せて川を下っていった。

どんよりとした空の下に、船頭の漕《こ》ぐ櫓《ろ》の音が寂しく軋《きし》んだ。

「十三の冬に興福寺へ入り剣の修行を始めたとき、真達さんは学識においても、実践修行においても、武術においても、堂衆の中で群を抜いていた。十三から十八の興福寺を去るときまで、おれは真達さんの背中を追って修行を続けたのだ。だが、生涯追い着かぬ相手だと思っていた」

「ふうん、市兵衛さんほどの剣の腕前でもそうなのかい。風の剣よりあの真達さんは強かったのかい」

市兵衛は笑った。

「風の剣というのは、ともに武術の鍛錬を行っていた興福寺の僧らが言ったのだ。山深い春日の峯々を廻る修行は武術の鍛錬と相通じるところがある。まだ幼かったおれは森や峰を駆け廻り、得物の素振りを何千何万と繰りかえす中で、南都の敬虔《けいけん》な風を全身に浴びて、身が空になる不思議な覚えに包まれた。おれは風になれと思った。風のように攻め、働けとな。だが矢藤太、風は幻のように儚《はかな》い。それは錯誤だ」

市兵衛は江戸川のゆるやかな川の流れを見下ろした。

水草が川底にゆれているのが見える。

「おれは気付かなかった。おれ自身がどれほどの腕になっているのか。ひたすら強くなりたいと望み、興福寺で暮らす月日が流れた。わかっていたのは、ときがすぎたということだけだった。おれは強くなったのかもしれない。だから強さに意味を見出《みいだ》せなくなったのかもしれない。そのころだ。堂衆らが、市兵衛の風の剣、と戯《たわむ》れに言い始めたのだ。戯れだ。風の剣などない」

矢藤太は、市兵衛の言っている意味がわからねえ、という顔付きだった。

「けど、興福寺の坊さんらは、市兵衛さんが誰よりも強い、風と闘うみたいに敵《かな》わねえと知っていたから、風の剣、と言ったんだろう」

「たぶん、そうだ」

「真達さんとはどうだったんだい。武術においても生涯追い着かない堂衆の兄弟子だったわけだ。真達さんとは、手合わせはやらなかったのかい。偉い坊さんの前でやる御前試合みたいなのは、興福寺ではやらなかったのかい」

「稽古では何度か手合わせしていた。だがおれは真達さんに勝った例《ためし》がなかった。中《ちゅう》金堂院《こんどういん》という塔頭《たっちゅう》に広大な庭があり、庭では各種の法会《ほうえ》が行われる。中金堂は火災により焼失していたが、古《いにしえ》の僧兵を主導していた名残《なごり》でか、まれに学侶が居並ぶ中金堂院の庭で、武術鍛錬の成果を見る試合が行われた。得物《えもの》は木刀や木槍《きやり》や薙刀《なぎなた》代わりの長い棒だが。その試合で一度手合わせしたことがある」

「そうか、やったのかい。どうだった」

「双方とも木刀だった。決着は付かなかった。引き分けた」

「なんだ、引き分けか。けど、稽古ではいつも負けていたのを引き分けに持ちこんだんだろう。大《て》《え》したもんじゃねえか。腕を上げていたんじゃねえか」

市兵衛は川面から矢藤太へ笑みを向けた。

「わかった。引き分けは惜しかったが、それはいいとして、真達さんが奈良から市兵衛さんところへ旅をしてきたのは、な、何が狙いなんだい」

矢藤太が気忙しく訊ねた。

「宝蔵院の胤憲という師に師事して、今は胤憲を継いだ胤懐という偉い坊さんに師事している、と真達さんは言っていたのだったな」

「ああ、言っていた。宝蔵院の胤憲と胤懐という、偉そうな坊さんだ」

「宝蔵院は、永禄《えいろく》のころ、宝蔵院流の槍術《そうじゅつ》を開創した南都興福寺の塔頭だ。宝蔵院流槍は鉤槍《かぎやり》、鎌槍《かまやり》を使う。宝蔵院流の五世法印胤憲師と六世法印胤懐師だ。真達さんは二十歳をすぎてからこの二人の師に仕《つか》え、槍術を修行したのだと思う。おれが興福寺を去った後だ」

「ま、まさか真達さんは、二十年前の引き分けになった試合の決着を付けるために、市兵衛さんを訪ねて江戸へきたんじゃあるめえよな」

　市兵衛は川面へまた視線を戻した。

「二間ほどある長い樫の杖を、突いていただろう？」

　弥陀ノ介が旅の僧の長すぎる杖を見ている。

「突いていた。妙に長くて、おれは托鉢の折りに幟でも立てるのかと思っていたぜ」

「それは間違いなく、槍だ。どう使うのかは知らぬが。若いころは、いつかこういうときがくるような気がしていた。命を賭けて雌雄《しゆう》を決するために、あの人は江戸へきたのだ。ときは忘れさせることはできなかったのだ。むしろときは……矢藤太、京にいたころは楽しかったと言うあんたの気持ちはわかる。二人とも若かった」

「そんな若いころの試合の決着を、今ごろ今度は命を賭けて付けようってえのかい。そんな馬鹿な。高が木刀の試合じゃねえか。そういうものは、普通、試合が終わったら恨みっこなしだろう。絵草子《えぞうし》の読み本みたいな話を本気で考えているんなら、真達さんは頭がちょいとどうかしているぜ。それが悟りを開いた坊さんのすることかい」

矢藤太の語調が激しくなった。

「真達さんがうちへきたら、どうする、市兵衛さん」

「もう宰領屋へはいかないと思う。おそらくあの人は、すでにおれの近くにきているのだ。矢藤太の店へいったのは、自分が江戸にいることをおれに知らせるためだったのだろう。そのときがきたとな」

「へえ。坊さんってえのも、わけのわからねえことをするもんだな。呆《あき》れるぜ」

まったくな――と、市兵衛は応えた。

「二人とももう、若くはないのだな」

流れゆく水を見やって、市兵衛は言った。

四

天気のはっきりしない白い雲が、江戸の町をすっぽりと覆っている。

そこは江戸の下町、つまりお城下の要《かなめ》、駿河町《するがちょう》から本両替町《ほんりょうがえちょう》への通りである。

通りの両脇に三井《みつい》呉服店が土蔵造りの本甍《ほんいらか》を連ね、《呉服物品々》と書いた看板が通りの端から端まで並び、火の用心の天水桶《てんすいおけ》に、屋号を印《しる》した日除《ひよ》け暖簾《のれん》が軒《のき》に下がっている。

曇り空でも、通りは呉服買い物の女中衆、ご新造《しんぞ》にお内儀、おかみさん。馬上の侍に徒侍《かち》衆、江戸見物の旅人、両天秤の行商、勧進《かんじん》を募る虚無僧《こむそう》、風呂敷包みを肩に抱えた商人に手代、小僧らがゆきすぎる。

荷物を運ぶ荷車が賑やかに往来し、野良犬まで威勢がよさげだった。

駿河町の通りの西の先には江戸城の石垣が見えていて、天気がよければお城の杜《もり》の彼方に富士の高嶺《たかね》が見えるが、今日は生憎《あいにく》の薄曇りだった。

駿河町から本両替町、そして金座屋敷があって、町は年中好景気である。

そんな景気のいい町を、あいつは鬼より景気の悪い男だぜ、と裏街道の顔利きらから嫌われ放題の《鬼しぶ》の渋井が、背のひょろりと高い手先の助弥を従え、中背に黒羽織を羽織った背中を丸め、ゆっさゆっさと歩んでいた。

北町奉行所定町廻り方の、いつもの見廻りだった。

見廻りと言っても、町毎にある自身番を順繰りに廻り、戸の外から「番人、町内に何事もないか」と、声をかけ、「へえぇ」と番人の声がかえってくるのを確かめるだけである。

江戸の町地の治安は、南北町奉行所とその支配下に網の目のように廻らした町役人らの監視によって守られていた。

「旦那、さすが、駿河町や本両替町辺りまでくると、人の顔付きも身形《みなり》もまるで違いやすね」

助弥が賑やかな人通りを見廻し、渋井の丸めた背中に言った。

「ここは江戸のど真ん中。本両替町には金座屋敷があって、言わば江戸の金蔵だ。お城の御金蔵にいくら金がうなっていようが、本両替町で動く金と較べりゃあ、お天道さまとすっぽんほど違う。この町がどうかなっちまうと、江戸の町全部が無事ですまなくなる」

渋井の背中が、ぶつぶつと答えた。

「ところで旦那。喜楽亭の倅の、勘平とかいう野郎は、今ごろどこで何をしていやがるんでしょうね」

「さあな。どこで何をしていやがるのかな」

「江戸へ戻ってきたなら、おやじさんのとこへもっと顔を出して、ちゃんと孝行するのが倅ってもんでしょう」

「そういうもんだが、いろんな親子がいるからな」

「けど勘平は産みの母親に捨てられ、血のつながりのねえ喜楽亭のおやじさんに育てられた。実の親より恩あるおやじさんじゃねえんですかい」

「人それぞれだ、助弥。そう思わねえやつだっている。仕方のねえことなんだ」

「仕方のねえことなんでやすかね。親不孝な野郎だな」

　渋井と助弥は、そんなやり取りを交わしながら、江戸一番の繁栄に賑わう駿河町の通りを本両替町へと歩み続けていた。

第五章　八月晦日《みそか》

一

藤蔵は音羽の大通りから八丁目と九丁目の境《さかい》の横丁へ折れ、九丁目側の西裏通りとの辻に山茶花《さざんか》の垣根と表格子戸《こうしど》が見えると、歩みがもどかしげに駆け始めた。

母親の稲が、ふくよかに肥《こ》えた丸い身体《からだ》をおっとりと運び、横丁の表店《おもてだな》の人々に会釈《えしやく》を送っている。

八丁目側の料理茶屋・住吉屋の若い者が、横丁通りの掃《は》き掃除をしていて、通りかかった稲へ箒《ほうき》の手を止めて腰を折り、言葉をかけた。

「おや、大清楼の女将《おかみ》さん。いいお日和《ひより》でやす」

「はい。護国寺さまの参詣《さんけい》日和で、よろしゅうございますね」

稲は愛想《あいそ》よく答えた。

「ぼんと朝からお出かけでやしたか」

「ちょいと、番町の方へ。どうも」

稲はいそいそと歩みつつふくよかな笑みを投げ、大清楼の表口へ走りこんだ藤蔵を追っていく。

表口へ走りこんだ藤蔵は、飛び石伝いに前庭を跳ね、見世《みせ》の格子戸を勢いよく開け放った。そして三和土《たたき》へ飛びこんで、澄んだ声を響かせた。

「お父っつあん、姉さん、先生、入門が許されたよおっ」

内証《ないしょう》の暖簾《のれん》を分け、父親の清蔵、続いて姉の歌と市兵衛が、二階座敷へ上がる階段の脇から小走りに見世の間の上がり口へ出てきた。

「やったか藤蔵」

藤蔵は鼻梁《びりょう》に架《か》かる眼鏡《めがね》を指先で直し、清蔵へ大きく「うん」と頷《うなず》いた。

「でかした」

清蔵は気を昂《たかぶ》らせて喚《わめ》き、

「お父っつあんは嬉しい。偉いぞ。それでこそ、お父っつあんの倅《せがれ》だ」

と、藤蔵の薄桃色に紅潮した頬《ほお》を両掌《て》で包んだ。

「藤蔵、やったね。やればできるじゃないか。わたしは藤蔵はきっと大丈夫と思っていたけど」

歌が満面の笑みで藤蔵を迎えた。

「姉さん、わたしはやったよ」

「おめでとう、藤蔵さん。藤蔵さんの力なら間違いはないと思っていましたが、それでも見事です。立派です」

「先生、ありがとうございました」

藤蔵は、「よかったよかった」と上がり端で清蔵に代わって抱き締《し》める歌の肩口から市兵衛に大声で言った。

土間伝いに下男下女ら、板場の方からは料理人たちや仲居、若い者ら、二階座敷で昼からの接客の準備をしていた仲居らも階段を下りてきて、

「藤蔵坊ちゃん、おめでとうございます」

「ぼん、よろしゅうございやした」

「旦那さん、お歌さん、先生、お祝い申し上げやす」

などとみなが祝福し、その返礼を述べるのに表見世がごったがえし、藤蔵は上がる暇《ひま》もなかった。

「そうだ、藤蔵、おっ母さんはどうしたの」

「うん？　後からくるけど……」

と、藤蔵が振り向いたとき、表口の格子戸をくぐり、前庭の飛び石をとんとんと伝って、稲のふっくら丸い身体が見世土間へようやく現われた。

「ああ、やっと着いた。はい、お疲れさま。ほっとしました。よかったよかった」

稲は大きく胸をはずませて頷き、呼吸を整えた。

使用人らが「女将さん、お戻りなさいやし」「お帰りなさいまし」と、口々に迎え、

「お稲、ごくろうさん。めでたいなあ。ここでは話もできぬ。とにかくお上がり」

と、清蔵がひと息ついている稲を急《せ》かした。

「入門料と諸費用をお納めし、窪田先生にご挨拶《あいさつ》も済ませてまいりました。光成館の秋の開塾は重陽《ちょうよう》の節句の翌日からだそうです。よいしょっと……」

稲が見世の間へ上がって、次に市兵衛へ腰を折った。

「先生、ありがとうございました。窪田先生から言われました。今日の試問で町家から入門を許されたのは藤蔵ひとりでした。後はみなさん、お武家の方ばかりなんですけれど、試問の結果は藤蔵がその中の一番でございました。とても優秀であるとお褒《ほ》めをいただきまして、わたしはもう嬉しくて涙が出そうでした」

「なに、藤蔵は一番だったのか。お武家の中にただひとり雑《ま》じって……」

清蔵が上ずった声になり、使用人らが「おお……」と感心のざわめきを上げた。

「藤蔵、やったね。偉いじゃないか」

歌が藤蔵の頭を指先で突《つつ》いた。

「うん、そんなに難しくなかったんだよ」

「藤蔵坊ちゃん、行く末偉い人になっても、あっしのことは忘れねえでくだせえよ」

若い者のひとりが言って、周りをどっと笑わせた。

「先生、まことに、まことにありがとうございました。わが倅をこれほど誇らしく思えるのは初めてでございます。この先生ならば、と見こんだわたしの目に狂いはなかった」

清蔵は、狂いはなかった、とひとりで繰《く》りかえした。

「わたしなど、ほんのわずかなお手伝いをいたしたのみです。藤蔵さんが優秀だったのです。今はまだ一歩を踏み出したばかりで、光成館の勉強が始まるのはこれからです。けれども藤蔵さんなら、きっとやれます」

うふふ……

と、藤蔵は嬉しそうである。

「ささ、今日はこれから藤蔵の入門祝いだ。うちの料理だと普段と変わり映《ば》えがしないから、山口屋《やまぐちや》さんの仕出しを頼むとしよう。みんな、好きなものを頼むといい。寿司がよければおかめ寿しでもかまわないよ。盛大にぱっとやっておくれ」

「おありがとう、ございやあす」

「いただきやあす」

あっしは山口屋の仕出しだ、おれはおかめ寿しにする、と使用人らの声が周りにはずんだが、

「ただし、お客さんがお見えになるのだから見世を休むわけにはいかない。お酒はいただいてもいいが、各々《おのおの》の仕事に障《さわ》りがないよう、ほどほどをわきまえてな。それからお稲、ご近所にお配りするご祝儀《しゅうぎ》の品と祝いにお招きする方々だが……」

と、清蔵は接客業を営む亭主らしく、気配りにそつがない。

昼すぎから、一階住まいの二部屋を開け放って、界隈の藤蔵の遊び友だち、隣近所の親しい住人、ほかに町役人の家主《いえぬし》らを招き、藤蔵の入門祝いが始まった。

仕出し料理と子供らには菓子、大人には酒を振る舞って、稲と歌が招いた客の応対に当たりつつ、清蔵も見世の接客の傍《かたわ》ら、隙《すき》を見ては祝いの座敷へ顔を出したり見世へ戻ったりの忙しさで、清蔵の喜びようが偲《しの》ばれる賑《にぎ》やかな祝宴になった。

その祝いのさ中、櫻木町の菓子所・篠崎の橋太郎が、二段重ねの大きな菓子箱を抱えて、祝いの座敷の障子戸を開け放った裏庭にのっそりと現われた。

若衆髷《わかしゆわげ》にふっくらした白い頬を赤らめ、縞《しま》の長着の裾端折《すそばしょ》りより太い丸太のような足を伸ばして佇《たたず》んだ橋太郎を、最初に歌が見付けた。

「あら、藤蔵、橋太郎さんだよ」

座敷に集《つど》う大人や子供が一斉《いっせい》に裏庭の方へ向いた。

ちょうどその折り、清蔵も座敷に顔を出していた。

「おお、橋太郎さんか」

清蔵が笑顔を向けた。

橋太郎は六尺（約百八十センチ）を超える大きな身体を恥ずかしそうに縮《ちぢ》め、頭をぺこりと下げた。

「おとんが菓子を届けろって言ったから、届けにきた。入道羊羹《にゅうどうようかん》と、ええっときんつばだ。それから下の箱は、おとんが藤蔵さんの祝いに、うちで拵《こしら》えたから持ってきた。粟焼《あわやき》だ。これも持っていけって」

篠崎に注文していた菓子が届いて、子供らの喚声が上がった。

藤蔵が縁側へ走り出た。

「橋太郎さん、ありがとう」

「おかんが、藤蔵さんにおめでとうございますって、ちゃんと言うんだよって、何度も言った」

橋太郎はうな垂れ、小声になった。

「そうかい。橋太郎さん、菓子を届けてくれたのかい。ご苦労さんだね。ここに置いておくれ」

清蔵が藤蔵の横に並んで言った。

橋太郎が二段重ねの菓子箱を軽々と縁側へ運ぶと、

「栗焼はお父っつあんが藤蔵の祝いに拵えてくれたんだね。ありがとう。お父っつあんにお礼を言っておくれ。それからね、これを持ってお帰り」

と、懐《ふところ》よりご祝儀の小さな紙包みを取り出して橋太郎へ手渡した。

「いらねえ。どうしていいか、おら、わかんねえし」

橋太郎はぼうっと立って、動けなくなった。

「これは祝儀だ。祝儀は納めるもんなんだ、橋太郎さん。お父っつあんか、おっ母さんに渡せばわかるよ」

橋太郎は「うん」と頷き、幅の広い肩に首を埋《うず》めた。

山茶花の垣根の裏木戸を橋太郎が出ていくと、家主や近所の人々が言い合った。

「橋太郎も、もう十七になったはずだな」

「身体はあんなに立派に育ったが、頭の方がな。子供のころはほんに、小さな泣き虫だった。形《なり》はでかくなっても子供のままだ」

「あれじゃあ篠崎さんも、先が心配なことだねえ」

裏通りに出て、櫻木町の篠崎へ戻っていく橋太郎の大きな背中が見えていた。

「でも、本当に気の優しい子なんですよ」

稲が橋太郎を見送って、それから客へ酌《しやく》をしている。

清蔵と藤蔵が、集まった子供らにわいわいと騒がしく菓子を配っていた。

「先生、どうぞ」

歌が市兵衛の膳の前へきて、銚子《ちようし》を差した。

「いただきます」

市兵衛が上げた盃《さかずき》に酌をしながら歌は、輝くような笑顔を見せた。

「あの橋太郎さんと藤蔵は、どういうわけか仲がいいんです。気が合うみたいで。二人とも変わっているから」

「一人ひとり、変わっているから、人は面白いのですね」

市兵衛が言うと、

「あは、先生も変わっている」

と、歌は感心する顔になった。

それから白い歯並みを光らせ、明るく笑った。

夕方近くなって子供や町役人さんらが帰り、ご近所の清蔵の親しい大人ら数人だけが残った。

そのころには清蔵もいささか酒が廻って、祝いの座敷にすっかり腰を落ち着けていた。

藤蔵は子供らと一緒に夕焼けに染まる表へ遊びに出てしまったが、清蔵はご近所の住人らと、子育てのことやら家業のことやら音羽の噂《うわさ》や評判やらと、酒を酌《く》み交《か》わしながらの話が尽きなかった。

「お父っつあんは嬉しくて仕方がないのだから、今日は好きにさせておやり」

稲は見世の方を仕切り、歌が清蔵と客の相手になって酒や肴《さかな》に気を配った。

やがて秋の日がとっぷりと暮れて、藤蔵は疲れてとうに床に就いていた。

神田までの道のりが遠い市兵衛もそろそろ暇《いとま》を言う刻限だったが、清蔵は市兵衛をなかなか帰さなかった。

「今夜は先生、お付き合い願いますよ」

そう言って、先生のような方がなぜ仕官なさっておられないのか、よろしければご奉公先をわたしの方でもお探しいたしましょうか、などと酔いに任せて口ぶりもだんだん滑《なめ》らかになっていた。

それでも夜の五ツ（午後八時）をすぎ、昼間からの長時間の祝宴がようやくお開きになるころ、浮かれてすごしすぎた清蔵は、呂律《ろれつ》がだいぶ怪しくなっていた。

「ではわたくしは、これにて失礼いたします。お世話になりました。藤蔵さんが優れた学業を修められることを心よりお祈りいたします。お伝えください」

市兵衛は改めて礼を述べた。

「先生、うちへ泊まんなさい。今夜はわたしと、呑《の》み明かしましょう」

酔っ払った清蔵がしつこく勧めて、稲と歌に叱《しか》られた。

大清楼を出るとき、歌が提灯《ちょうちん》を提《さ》げて見送りに現われた。

「夜道ですから、ここで」

市兵衛が山茶花の垣根の裏木戸を出るところで言ったが、

「音羽の九丁目はまだ宵《よい》の口です。慣れていますから大丈夫。神田上水辺りまでお見送りします」

と、譲らない歌の白粉《おしろい》と紅《べに》の香りが、ほのかに匂った。

市兵衛は菅笠《すげがさ》をかぶって提灯をかざし、わずかひと月でも通い慣れた音羽町九丁目の西裏通りをゆき、少し離れて歌がやはり提灯を提げて従った。

八月の晦日《みそか》、無数の星が輝く満天の夜空に月はなかった。

軒《のき》提灯の明かりが通りの先にちらほら見える。

櫻木町の辻には、菓子所・篠崎の土蔵が夜空に黒い影を浮かべていて、黒い影の中に開かれた小窓に燭《しょく》台《だい》と思われる薄明かりがほのめいていた。

窓辺に人影がわずかに動いた。

市兵衛は小窓を見上げて、昼間、大清楼の裏庭へ菓子を届けに現われた大男の橋太郎が、あの土蔵の屋根裏部屋でまだ起きているのだな、と思った。

市兵衛と歌の草履《ぞうり》が、夜道にしんしんと鳴っていた。

「先生はあれだけ呑んでも、ちっとも乱れないのね」

後ろの歌が、少し甘い語調で言った。

歌の息がうなじにかかってきそうな気がした。

「己《おのれ》を見失うほど呑んで戯《たわむ》れる、そういう自在さが侍にはないのです。二本を差している己をつまらぬ、と思うことがあります」

市兵衛は歌を束《つか》の間顧《まかえり》み微笑《ほほえ》んだ。

「つまらなくても、二本は捨てられないものなのですか」

「二本を腰に帯びずに歩いていると、重しを失って身体が知らず知らずのうちに傾《かし》いでいるそうです。自分では気付きませんが。身体と一緒に心も傾いでいる。二本差しと言っても、そういう心の傾いだほどの者にしかすぎません」

ふうん、と歌の呟《つぶや》きが聞こえた。

音羽町九丁目と櫻木町の境の辻を、神田上水に架かる九丁目橋の方へ折れた。反対へいけば目白坂である。

道の両脇に、夜更《ふ》けまで店を開けている小料理屋や煮売屋、縄暖簾も看板行灯《あんどん》や軒提灯、腰高《こしだか》の障子《しょうじ》越しに店の明かりが道を薄明るく照らしていた。

店の前に化粧をした女が所在なげに佇《たたず》んでいて、夜道の通りかかりに怠《だる》げな呼び声をかけている。

こういう小さな呑屋にも、二階や屋根裏部屋に客を取る女を置いている。

店の前に佇む女は、歌を連れた市兵衛に声をかけなかった。だが、

「お歌ちゃん、今晩は」

と、後ろの歌に話しかけた。

「あら、お菅姐《すがねえ》さん。この店に？」

「うん……三月《みづき》前から。ここの旦那《だんな》に、うちで稼がないかと誘われて」

そうだったの――歌と女が夜道でひそひそと立ち話を交わした。

市兵衛は少し離れて立ち話がすむのを待った。

歌に微笑みかける女の濃い白粉の顔が、やつれていた。

「伊勢屋《いせや》さんにいたお菅姐さんという芸者さんだったの。年季が明けても伊勢屋さんで芸者勤めをしていたけれど」

歌が市兵衛の側《そば》へきて、心なしか悲しそうに言った。

伊勢屋は音羽町九丁目の子供屋である。

市兵衛はゆっくりと歩き始めた。歌の草履の音が鳴っている。

「先生は、お嫁さんをもらわないでもいいの」

寂しげな語調で歌が言った。

「人と人は縁です。縁があれば……」

「お嫁さんをもらうの」

「はい。縁があれば……」

暗い神田上水に架かる九丁目橋まできた。

橋の袂《たもと》で市兵衛が振りかえると、歌は見惚《みほ》れるほどの容顔《かんばせ》を、はっ、とさせた。

「お歌さん、ここまでに。橋の向こうは暗い」

市兵衛は努めて笑顔を作った。

「わたしに嫁入りの話がきているの」

不意に歌が言った。

「麴町《こうじ》の味噌醬油《しょうゆ》問屋の旦那さんです。おかみさんを亡くされて、小さなお子さんがいらして、わたしを後添えにという話なんです」

音羽通りの遠くの方で、女と男の言い合う声が響いた。

「とてもいいお話で、お父っつあんもおっ母さんも喜んでいて」

「それは、よかった」

答えた市兵衛は、なぜか胸苦しさを覚えた。なぜだろう。

「けれど、わたしは、お父っつあんやおっ母さんや藤蔵のことが気がかりで……」

「お歌さんの前に道が見えるなら、それがお歌さんのゆく道です。闇が深くて道が見えなければ、夜明けまで待てばいいのです。夜明けはいつもすぐ側にきています」

「まあ」

歌は市兵衛を見つめて呟いた。

提灯の明かりに、歌の目がしっとりと光って見えた。
「では、いつかまた」
市兵衛は身を翻《ひるがえ》し、三間《けん》（約五・四メートル）ほどの九丁目橋を渡った。
橋を渡って小日向水道町の方へ折れ、上水端の道を取った。
提灯の灯が堤端の柳の木を淡く照らしている。
暗い水面《みなも》に、ぴちゃ、と魚が跳ねた。
市兵衛は立ち止まり、九丁目橋へ振りかえった。
なだらかに反《そ》った橋の中ほどに、歌の佇む姿と提灯の明かりが見えた。
明かりは橋を動かなかった。
いつかまた――市兵衛は心の中で繰《く》りかえした。

二

大門をくぐった屈強な男らが、ゆるい勾配《こうばい》の衣紋坂を日本堤へと上っていった。
揚屋町名主《なぬし》・浅井屋の柳三郎率《ひき》いる各町遊女屋に雇われた六十数名の男衆《おとこし》、通称・若い者の一団だった。

みな裾端折りの股引《ももひき》に草鞋履《わらじば》き。ねじり鉢巻、襷《たすき》がけ。手に手に遊女屋の提灯をかざし、棍棒《こんぼう》、木刀、袖搦《そでがらみ》や刺股《さすまた》、大槌《おおづち》などの得物《えもの》を携《たずさ》え、縄束や梯子《はしご》を肩に担《かつ》ぐ者らもいた。

男らが物々しく足音をとどろかせてくぐり出た大門を、会所の番人がぎしぎしと軋《きし》らせて閉じた。

衣紋坂を上って見返り柳をすぎ、日本堤の堤道を田町の河岸場《かしば》へ進んでゆく。

数十の提灯の明かりが、山谷堀の暗い水面を映《うつ》し出していた。

得物を手にした屈強な男らでも、数年ぶりの岡場所狩りに緊張の面持《おもも》ちで、誰も口を利かなかった。

ほどなく真夜中の子《ね》の刻（午前零時）、ゆく手の田町は星空の下に寝静まっていた。

田町二丁目の河岸場に艀《はしけ》が三艘《そうもや》舫っていた。

先頭の柳三郎は何も言わず雁木《がんぎ》を下りていき、男衆がざわざわと続いた。

手筈《てはず》を決めてあるらしく、男衆は三つの組に分かれて艀に乗りこんだ。

艫《とも》の船頭が頬かむりにして棹《さお》を川面《かわも》へ突き立て、みなが乗りこむのを待っていた。

江戸町、揚屋町と角町、京町の三つの組の頭《かしら》らが、提灯をかざして艀に乗りこんだ面々を確かめ、先頭の艀の表船梁《おもてふなばり》にかけた柳三郎へ、「……町、みな揃《そろ》いやした」

と、順々に言った。

艀はおよそ二十名ずつの男らが乗りこんでも十分に余裕があった。戻りは岡場所の売女《ばいじょ》らを大勢乗せることになる。

「いくぞ」

柳三郎はすぐ後ろの江戸町の若い者を指図する頭に言った。

頭は艫の船頭に、

「船を出せ」

と、忍ばせた声をかけた。

三艘の艀が次々と河岸場を離れ、櫓が軋み始めた。

夜の帳《とばり》の中に船はすぐに隠れたが、提灯の灯の群れだけが人魂《ひとだま》のように川面を漂い流れていった。

船団は今戸《いまど》橋をくぐって山谷堀を抜け、隅田《すみだ》川へ滑《すべ》り出た。

星空が広がり、隅田川の両岸が暗い影を連ねていた。

櫓の音に添って船板を叩《たた》く波が、夜の静寂《しじま》に泡沫《うたかた》の音色《ねいろ》を奏《かな》で、誰かの軽い咳《せき》払いと暗い町の彼方に犬の細い長吠《ながぼ》えが聞こえた。

大川橋をすぎて、人々がその辺りを呼び慣《なら》わす大川を両国橋へ下ってゆく。

両国橋の黒い影を目前にして、神田川へ入った。

そこから神田川を西に遡上《そじょう》し、お茶の水の崖下《がけした》をすぎてほどなく江戸川の入り口がある。船列は江戸川へ折れ、すぐに船河原橋《ふながわらばし》、牛込と小日向の台地に挟まれた流れをなおも漕《こ》ぎ上ってやがて石切橋《いしきりばし》をすぎると、江戸川橋の河岸場に明かりが見えた。

北町奉行所の小者《こもの》が、河岸場でかざす北町の提灯の明かりだった。

河岸場の堤の上や江戸川橋に、出役《しゅつやく》の町方と奉行所の中間小者《ちゅうげんこもの》、また町方の手先らの、それでも三十名ほどの人影があった。

河岸場に係留してある川船の間へ、艀は滑りこんだ。

若い者のひとりが勢いよく板桟橋《さんばし》へ飛び下り、艀を杭《くい》につないだ。

柳三郎に続いて男衆の足音が桟橋を轟かせ、後の艀の男衆らも桟橋へ上って柳三郎の後ろへ従った。

男衆と町方双方の夥《おびただ》しい提灯の灯が、江戸川橋の袂《たもと》を物々しく照らし出した。

当番方の与力が柳三郎の前へ進み出て、ふむ、と若い者らを見廻した。そして、

「揚屋町名主・浅井柳三郎だな」

と、緊張した声で言った。

「はい。北御番所・市川重一《いちかわしげいち》さまでございますね」

「いかにも。手筈は整っているか」

「下見をすませ、人の手分けはできております」

「われら町方は、音羽町九丁目の護国寺側と目白の坂下と九丁目橋袂を固める。それでよいな」

「結構でございます。捕まえました女郎らは九丁目橋袂へ集めることにいたします」

「よかろう。ではいこう」

与力には二間数尺の槍《やり》を担いだ中間がぴたりと従っていた。

与力と柳三郎が並び、江戸川橋から九丁目橋へと足並みをそろえた。

与力の後ろに捕物装束《しょうぞく》に拵えた当番同心五名と、中間小者、さらに荒くれた人相の手先らが鉢巻、襷、裾端折りに股引脚絆《きゃはん》、草鞋履きで、十手《じって》と六尺棒などで武装して従い、柳三郎の後ろには吉原の男衆が隊列を作った。

九丁目橋を渡り、音羽通りの目白坂下で柳三郎が後ろへひと声、「それっ」と声をかけて走り出した。

男衆らは事前の手筈通り、音羽の大通りからかかる一隊と、目白坂への道から護国寺の方向へ折れて音羽町九丁目の西裏通りを押さえる一隊に分かれた。

大通りをうろついていた数匹の野良犬が、恐れをなして走り去っていった。

その刻限、九丁目の色茶屋や裏路地の局見世《つぼね》、小料理屋や煮売屋の明かりは消え、人の姿は途絶えていた。

九丁目と櫻木町の組合の自身番では、八月晦日のその夜は、夜廻りも出ず成り行きをじっと息を詰めて見守っていた。

ときならぬ男らの地響きが表裏の両通りに上がって、九丁目を包囲していく。与力の市川が指図する町方は、表の御成道を柳三郎らが駆けていく後から駆け足になって展開し始めた。

柳三郎率いる一隊は、九丁目と八丁目の横丁へ入り、九丁目側の明かりの消えた料理茶屋の前で足を止めた。

二階家の黒い輪郭《りんかく》が星空の下にくっきりと見える。

その黒い輪郭の中に、二階のひと部屋の明かりだけが、半開きの板戸の隙間《すきま》かられていた。

「ここが、大清楼だな」

柳三郎は従う男衆のひとりに言った。

「間違いありやせん。大清楼でやす。名主さま、合図を送りやすぜ」

「ふむ。火の用心は抜かるな。逆らう男らは打ちのめせ。女郎は大事な売り物だ。怪我をさせるんじゃないぞ。合図を送れ」

男衆が表通りの方と裏通りの方へ提灯を振って見せた。

そのとき、二階の明かりの灯《とも》る板戸の間から、女郎らしき人影が、横丁の通りに並ぶ提灯の灯《ひ》を見下ろした。

女の悲鳴が上がったのと同時に、ぴぃぃぃ、ぴぃぃぃ、ぴぃぃぃ……と、呼子《よびこ》が表通りに響き渡った。

「いけえっ」

柳三郎が叫んだ。

ばらばらっ、と大槌を担いだ男らが山茶花の垣根に設《しつら》えた表格子戸へ走り寄り、たちまち格子戸を叩《たた》き破った。

わあぁっ、と男衆が前庭へ突進していく。

突進しきれない者らは、山茶花の垣根を根っこごと薙《な》ぎ倒して敷地内へ侵入し、見世の脇の通路から勝手口へ廻りこんでいった。

続いて見世の表板戸が凄《すさ》まじい音を立てて破られ、大清楼はなだれこむ男衆の喚声と踏み鳴らす足音、手当たり次第の打ち壊しに、がたがたとゆれ始めた。

直後に、女の悲鳴、絶叫、喚《わめ》き声が大清楼を包んだ。

夜空に浮かぶ二階の屋根の輪郭が、駆け上がる男衆の凄まじい喚声に怯《おび》えるかのように震えた。

ひと部屋だけに灯っていた二階の明かりが消えた途端、横丁側に面した板戸が二枚、三枚と吹き飛び、出格子窓から褌《ふんどし》一丁の男と長襦袢《ながじゅばん》もはだけた女が、三人四人と、悲鳴と一緒に軒庇《のきびさし》の瓦屋根へ転がり逃げてきた。

男と女はごろごろと屋根を転がって前庭へ落ちる。

二階の暗い窓の奥を、提灯の灯が走り廻っていた。

「女に怪我を負わすな。売り物にならなくなったら厄介《やっかい》だぞ」

柳三郎が二階へ声を荒らげた。

横丁の八丁目側の住吉屋から人が出てきたが、柳三郎はその者らをひと睨みしただけで、八丁目には一切《いっさい》手出ししなかった。

表側からの突入にだいぶ遅れて、裏通りから襲いかかったと思われる男衆らの喚声が、やがて聞こえてきた。

大清楼への手入れが始まったと同時に、横丁側からと西裏通りの一隊から男衆らが目星を付けていた九丁目の裏路地へ殺到し、どどど……と、裏路地や小路《こうじ》のどぶ板が不気味に振動した。
男衆らは、勝手知ったふうに小店《こだな》の軒を連ねる局見世の一軒残らずへ押し入った。
きゃあ、きゃあ、と渦巻く悲鳴の中、女を引きずり出し、次々と縛り上げていく。
局見世の男の中には棒を得物に激しく抵抗する者らもいた。
だが、前から後ろから襲いかかる男衆らにあえなく袋叩きにされた。
客と明らかにわかる者は手加減したが、それでも無事ではすまなかった。
裏戸を突き破って、隣の住人の店へ逃げこむ者も容赦《ようしゃ》なく追いかけた。
「やめろっ。おれは客だ。おれが何をした」
突然侵入した男衆らに、ひとりの客が威勢よく食ってかかった。
「ふん、音羽なんぞで田舎《いなか》女郎を買ったてめえが不運だ。てめえを恨みやがれ」
男衆らは、頭を抱えてうずくまった客を滅多打ちにした。
客を庇《かば》おうとした女郎は、見世の土間へ蹴《け》り倒された。
見世の畳や床を引きはがし、床下に女が隠れていないか徹底して探した。
男衆らは、縛った女と局見世を営んでいる亭主らを一旦路地に据《す》えた。
どの亭主も暴行を受けて、髷は乱れ、顔をはらしていた。
べそをかいたり泣き喚いたりする女の頭を叩き、「喚くな」と背中をどやした。

「おおい、そっちはどうだ」

「こっちはもういねえ。それだけだ」

「じゃあ手早く片付けろ」

それから局見世の一軒一軒を打ち壊し、屋根と柱だけにしていった。

局見世が破壊されていく路地や小路から、女らと亭主らが引っ立てられていった。

目白の坂下を固めていた与力の市川は、局見世に雇われている男らが表通りへ逃げ惑《まど》ってきて、同心や手先らにさしたる抵抗もできず捕えられるのが物足りなかった。

市川は槍の使い手だった。

音羽なのだから侍のひとりでも客の中にいて、刀を振るって抵抗に及べば槍の働きができるものを、と残念に思っていた。

奉公人の侍は外泊を禁じられているため、侍の泊まり客は殆《ほとん》どいなかった。

九丁目を囲む櫻木町や八丁目の家々に明かりが灯り、戸の隙間より通りの様子をうかがっているのがわかった。

悲鳴や喚声が九丁目のそこかしこより、高くなったり低くなったりして聞こえてくる。そのうちに、小路や路地木戸をくぐって数珠《じゅず》つなぎの女たちと寝間着姿の寒々とした風体《ふうてい》の亭主らが、ぞろぞろと通りへ姿を現わした。

大抵の女は長襦袢か薄い湯文字ひとつに裸足《はだし》で、乳房を露《あら》わにしていた。

市川は引っ立てられた女や男らを九丁目橋の袂へ座らせた。

泣いている者もいれば、不貞腐《ふてくさ》れている女もいた。

明らかに、下女か端女《はしため》と思われる女も雑《ま》じって肩を震わせていた。

「大体、片付いたか」

市川は下女や端女と女郎の詮議《せんぎ》をしている同心に言った。

「はい。後は大清楼の手入れをいたしております浅井屋の方が残っておるのみです。大清楼は大きな色茶屋ですから、女郎も多いと見えます。少々手間取っておるようですな」

同心のひとりが答えた。

しかし、警動を始めたときより、九丁目界隈はだいぶ静かになっていた。半刻ほどしかときもたっていなかった。

「呆気《あっけ》ないものだな」

「音羽など、田舎の岡場所ですからな」

「こればかりの岡場所、捨てておけばよいものを」

市川は吐き捨てた。

大清楼の雇い人らが次々と横丁へ走り出てきた。

喚き食ってかかる者もいたが、多くが助けを乞《こ》いながら逃げ惑った。

柳三郎の周りの男衆と追いかける男衆らが雇い人らをぐるりと取り囲み、雇い人の男らは誰彼構わず、みな手ひどく打ち据えられた。

下女も仲居も女郎も見分けのつかない女らは、詮議を後にする手筈にしていて、ひとり残らず次々と後ろ手に縛り上げた。

長襦袢の女らが縛られた格好でぞろぞろと出てきたが、柳三郎の思っていたほどの数ではなかった。

女らの泣き声が横丁にあふれた。

なんだ、もっと盛大ではなかったのか、と柳三郎は少々拍子《ひょうし》抜けを覚えた。

女らの後ろから、大清楼の主人らしき男が、顔にひどい暴行の痣《あざ》を作り、後ろ手に縛《いまし》められてよろけ出てきた。

こいつか、九丁目を差配している大清楼の主人は。大した男ではないな。

柳三郎は男を睨んだ。

そのとき、見世の打ち壊しに専念する槌音が、どしんどしん、と横丁に轟《とどろ》いた。

二階の窓から、布団《ふとん》や枕、襖《ふすま》、小箪笥《こだんす》、屛風《びょうぶ》、着物、薬罐《やかん》に煙草盆、火鉢、掛軸、花立、碗や皿、箸《はし》に盆、銚子《ちょうし》、徳利《とっくり》……と、大小さまざまなものが投げ捨てられ、前庭へ降ってきた。

どしん、ばたん、がらがら、わあ……

そんな騒ぎの中、壁に穴が空き、軒の柱が折られ無惨に崩れ落ちていく。

大清楼の主人と、女房と思われるふくよかに肥えた品のよさげな女が柳三郎の前へ突き出された。

女房が丸い肩を激しく突かれ、よろけたところを亭主が庇《かば》った。

「お稲、大丈夫か。わ、わたしに凭《もた》れろ」

女房は唇を、きゅっと縛って頷いた。

亭主も女房も後ろ手に縛られ、身動きが覚束《おぼつか》なかった。

「大清楼の主人の、清蔵だな。岡場所はご公儀のご禁令だ。女らは吉原へ連れていく。見世も壊す。ご禁令を守らぬ罰だ」

柳三郎が清蔵に言い放った。

すると、女房より顔を上げた清蔵が、きり、と柳三郎を見つめ言った。

「あんたらは、吉原の役人か」

「そうだ。おまえらも潔《いさぎよ》く、お上の裁きを受けろ」

「お上の裁き？　同じ廓に生きる者が、こういうことをするのか」

「同じ廓ではない。おまえらはお上に盾突《たてつ》いている」

「お上に盾突いたことなどない。音羽は桂昌院さまの請いによって五代将軍綱吉さまの護国寺建立《こんりゆう》の後、元禄十年から町家が許され、奥女中の音羽さまが拝領なされた町家だ。九丁目の盛り場は、桂昌院さま所縁《ゆかり》のご門前がお寂しくならぬようにと、その折りからお上がお許しになった。音羽はお上もお許しの町家なのだ」

清蔵が激しく言いかえした。

「てめえ、黙れえっ」

傍らから男衆の頭のひとりが、清蔵の横っ面《つら》に拳《こぶし》を食らわせた。

ああっ、と清蔵は横倒しとなり、稲が「あなた」と清蔵を庇うように跪《ひざまず》いた。

そのとき、縛られた女らの中から子供が走り出てきた。

「お父っつあんに手を出すなっ」

子供が叫び、清蔵と稲の前に寝間着姿の小さな身体が立ちはだかった。

鼻梁に架かった眼鏡がずり落ちそうなのも構わず、柳三郎を睨み上げ、

「あっしが、相手だ。かかってこいっ」

と、怒りに顔を真っ赤にして身構えた。

「餓鬼《がき》ぃ。てめえ、お仕置きされてえか」

頭が太い腕で子供の襟首《えりくび》をつかんで絞《しぼ》り上げた。

子供の顎《あご》が夜空に向き、小さな身体が浮きかかった。

「は、はなせ、このや……」

子供の声が息苦しさに途切れた。

爪先《つまさき》をじたばたさせ、頭へ届かぬ手で殴《なぐ》りかかった。

周りの男衆が子供の儚《はかな》い抵抗に失笑した。

「止めろ。子供に手出しするな」

柳三郎が頭を諫《いさ》めた。

頭が突き放し、子供は清蔵と稲の前に尻餅《しりもち》を突いた。

子供は懸命に立ち上がる。

「ちび、ここの家の子か」

柳三郎が言った。

「ちびじゃない。あっしの名は藤蔵だ」

藤蔵は怯《ひる》んでいなかった。

柳三郎は藤蔵と向き合い、清蔵や稲と見較べた。

「おまえのお父っつあんと、おっ母さんだな」

「そうだ。お父っつあんに手出しするやつは、あっしが代わりに相手だ」

藤蔵の面差《おもざ》しが必死だった。

「お父っつあんとおっ母さんの身が、心配で出てきたのか」

「当たり前だ。おまえにもお父っつあんとおっ母さんがいるだろう」

笑い声がばらばらと、女らの間からも起こった。

藤蔵の剣幕に柳三郎は、ふん、と鼻息をもらした。

くそ、これだけか、つまらん――柳三郎は胸の内で呟いた。

縛られた女らを見廻し、壁やら屋根やらが派手に壊され続けている大清楼を睨んだ。

「おい、女房の方は縄を解いてやれ」

柳三郎が頭に言った。

「ええ？　名主さま、そんなことをしてよろしいんでやすか」

「構わん、亭主ひとりでいい。もう十分やった」

それから藤蔵を見下ろし、

「おっ母さんはかえしてやる。おっ母さんに孝行しろ」

と言い捨てた。

「これまでだ。引きあげるぞ」

大清楼を打ち壊す男衆へ喚いて、表通りの方へ踵《きびす》を廻《めぐ》らした。

男衆らは、清蔵を起こして女らと一緒に引っ立てていった。

大清楼から打ち壊しの男衆らがぞろぞろと出てきた。

頭が稲の縄を解き放つと、稲は藤蔵をびしと抱き締めた。

「藤蔵」

大清楼の廂から、がらがらと瓦が滑り落ちて飛び石の上で砕けた。

三

金座屋敷の南裏手の本両替町。その裏路地で、ぼん、と火の手が上がったのは本石町の時の鐘が真夜中の九ツ（午前零時）を打って間もなくだった。

本両替町の両替屋の土蔵造りが表通りに連なる裏店《うらだな》の、そのまた奥の一画だった。

近所は裏店ではあっても裕福な二階家が並び、普段でもあまり人気のない路地奥に火の手がめらめらと地面を這《は》って広がっていった。

火は路地の板塀と、板塀の上に繁る銀杏《いちょう》の樹木へ燃え移っていった。ほどなく、
がんがんがんがん……

自身番の物見台の半鐘《はんしょう》がけたたましく打ち鳴らされ始めた。

半鐘はたちまち町から町へ伝播《でんぱ》して、本両替町、本町を中心に日本橋北の神田の各町、日本橋川を南へ越えた物見台でも打ち鳴らされていった。

本両替町の自身番の番人は半鐘を打ちながら、本両替町に突然上がった火の手が、一ヵ所ではないことにすぐ気付いた。

物見台から見渡す町地のそこかしこから火の手が、ぼん、ぼん、ぼん……と夜空へ吹き上がるように広がっていた。

それはまるで、祭りの始まる華やいだ合図みたいに番人の心を高揚させた。

夜空にゆれる火が、周りの店の屋根を照らし、お濠の向こうの常盤橋《ときわばし》御門と江戸城の白壁をも浮かび上がらせた。

「やべえ、こいつあ火付けじゃねえのか」

番人は火の手を数えて、半鐘の音にも負けないように己自身へ叫びかけていた。

辺り一帯をゆるがすほどの地響きとどよめきが起こったのは、そのときだった。

地響きとどよめきは、恐ろしい天変地異の地鳴りを思わせた。

どどどど……ごおおお……

と、番人が見廻す物見台を突き上げ、夜空をも震わせた。

いつの間にか、自身番の前の通りを表へ飛び出した住人が埋めていた。

殆《ほとん》どが着の身着のままの格好だった。

喚き叫び、悲鳴と泣き声、呼び声が交錯し、通りにあふれた。

「逃げろ、逃げろ、火の手は近いぞ。命あっての物だねだ」

番人は群衆の中に喚き立てる声を聞いた。

そのときひときわ高く、ひとつの炎が夜空へ舞い上がった。

右往左往《うおうさおう》しひしめき合っていた群衆が、一斉に同じ方向へ駆け出した。

夜空を焦《こ》がす火勢が、人々を恐怖に陥《おとしい》れた。人々は身内を気遣うのを忘れ、己を忘れて走り始めていた。

喚声が渦巻き、通りのみならず町中を包んだ。

大きな風呂敷包みを背負った女が、突き飛ばされて転ぶのが見えた。

逃げろお、逃げろお……喚声の中から声が聞こえてくる。

番人は夜空に火の手が高くゆれ、段々広がるのを見て怖くなった。

暗闇の中でも煙がもうもうと上がっているのがわかったし、物見台も煙に包まれ番人は咳《せ》きこんだ。

「やべえ。焼かれちまう」

叫びながら、それでも半鐘を打ち続けた。

呼応して江戸城でも駿河台の武家地でも、定火消《じょうびけし》出動の太鼓が打ち鳴らされた。

番人の半鐘は、撞木《しゅもく》で半鐘の中をかき廻す摩《す》半鐘になった。

じゃじゃじゃじゃじゃじゃじゃ……

摩半鐘になったら、もう切羽《せっぱ》詰まっている。二階から飛び降りるし、川へも飛びこむ。骨が折れても溺《おぼ》れても、地獄の業火《ごうか》に巻きこまれるよりはましだった。

と、本町の方から通りの群衆を蹴散らさんばかりの勢いで、一番組い組は組、日本橋の方からは二番組ろ組せ組の町火消が、組の名を記した提灯と纏《まとい》を先頭に手鉤鳶口《てかぎとびぐち》をかざして押し寄せてくるのが見えた。

どけどけどけ、どきゃあがれえ……

火消の荒っぽい怒声と、たくましい足音が、ど、ど、ど……と響き渡る。

群衆らは左右の通りへ逃げるが、大混乱の中でもみ合い押し倒され、通りの表店《おもてだな》の板戸を突き破り目も当てられぬ惨状を呈した。

「おおい、ここはもう危ない。下りてこおいっ」

自身番の下で店番の家主が叫んでいた。

「火消が、きてますぜ」

そのとき番人は、本両替町の濠端《ほりばた》に近い通りの方で、店から逃げ出すのではなく店へ走りこんでいく集団を認めた。

「ぐずぐずするな、逃げろ逃げろ」

番人は叫んで、再び摩半鐘をけたたましく鳴らした。

じゃじゃじゃじゃじゃじゃじゃじゃ……


本両替町の本両替商《佐賀屋《さがや》》では、数十人の手代と小僧、奉公人の下男と下女らが、主人や頭取の指図で、主屋裏の土蔵へ夥《おびただ》しい証書証文や、大事な千両箱に、様々な金貨銀貨を仕舞った金箱や、商いに欠かせない帳簿類などの束《たば》を運びこんでいた。

この土蔵は火を寄せ付けない造りである。金や大事な証文帳簿などはここに仕舞い、鍵をかけて身軽になって逃げるつもりだったが、あまりの火の近さのために、手代ら屈強な奉公人のほかに女子供老人もいる店中は混乱を極めていた。

半鐘が火の手の接近を知らせていた。

隣家の瓦屋根が火に染まり、炎は赤々と辺りを照らしている。

不気味な煙が流れてきて、ぱちぱちと火の燃える音や焦げ臭さがまだ火の移っていない店中に充満していた。

「旦那さま。危のうございます。もうお逃げください」

頭取と番頭が主人の袖をつかんだ。

「何を言う。まだ半分も運んでいないぞ。これが焼けたらどうなる」

「後はわたしが」

袖をつかむ頭取の腕を振り払い、

「離せ。まだだまだだ。まだ逃げるわけにはいかん」

と、主人はうろたえている。

「旦那さまっ、旦那さまっ」

そこへ表戸の潜戸《くぐりど》が開き、十数人の男らが店土間へするするとくぐりこんでくるのが見えた。

みな縞の半着に細帯を胴に巻き、股引に脚絆、草鞋履きの人足風体だった。

そして腰には一本差しで、人足らしくみな頬かむりをしていた。

誰だっ、と家人が叫ぶ前に、男のひとりが土間から帳場格子のある店の間へ駆け上がった。

男は背は低かったが、胸板の厚い頑丈そうな上体を反らし、ひと声、野太い声で叫んだ。

「蔵前《くらまえ》のお店の指図で手伝いにまいりやした」

蔵前？　蔵前には佐賀屋の別店があった。

一瞬にして店の中は、なんだ助けか、という安堵《あんど》に包まれた。

「火が迫っておりやす。女子供、年寄りは逃げてくだせえ」

逃げてくだせえ、逃げてくだせえ、と人足らが口々に叫んだ。

そして、店土間の通りに向いた表戸の板戸が頬かむりの男らに、ばん、と左右両開きに開かれた。

通りを逃げ遅れて走る人影がすぎていく。

火事の火で通りはゆらゆらとした明かりに包まれていた。

言葉付きも風体も、普段なら訝《いぶか》しんだだろう。

だが、女や子供のみならず、男らまでが浮足立っていた。

「みんな逃げろお。火だるまになりてえか」

男の緊迫したそのひと言をきっかけに、女子供を中心にした主人一家、下女、端女らの使用人が逃げ出し、続いて下男、小僧、中には抱えていた帳簿の束を捨てて逃げる手代もいた。

「蔵前で炊き出しをしている。蔵前まで走れえっ」

男が喚くと、ほかの者が「蔵前まで走れえっ」と呼応した。

恐怖に混乱した者らは、通りへ転がり出た。

と、両開きの板戸が今度は、ばん、と閉じられた。

閉じた男らが閂《かんぬき》をかける。

残った主人や頭取、番頭、手代らが戸惑《とまど》いつつ男らを見ていた。

だが次の瞬間、主人らは目を見張った。

蔵前の別店からきたはずの人足風体の男らが、腰の脇差《わきざし》を抜き放って次々に土間より躍り上がってきたのだった。

真っ先にいた背の低い男が、太く短い腕にかざした白刃を主人へ向けて突き出した。

「これまでだ。逆らうやつはぶった斬る」

それから頭取や番頭へ向けて、切っ先を廻した。

男の左右から、主屋裏の土蔵へ子分と思われる男らが駆け出した。

「みな土蔵へいけ。ぐずぐずしてると命はねえぞ」

主人らは男らの段取りの整った速《すみ》やかな動きに呪《まじな》いをかけられたかのように、小走りに裏の土蔵へ走っていた。

土蔵の戸口でも、五、六名の手代が刀を突き付ける手下らに囲まれ固まっていた。

「これで全部か」

頭が主人の首筋へ刃を押し当て、太い声で言った。

「は、は、は」

と、主人は怯えて頷いた。

主人と頭取、番頭、手代を合わせると賊よりも多かった。

だが外では半鐘が絶えず鳴っていて、火の手は確実に近付く気配があり、それが主人らの恐怖をいっそうかき立てた。

「大人しく言うことを聞きゃあ、殺さねえ。みな蔵へ入《へえ》れ」

頭が言ったとき、ひとりの手代が高い塀に囲まれた裏木戸へ走り出した。

それを追いかけたひとりが、手代の背中を袈裟《けさ》懸《が》けに斬り落とした。

「あいやあっ」

頬かむりに人足風体の大柄だが、明らかに女の声だった。

手代は悲鳴を上げ、数歩よろけて倒れた。

痙攣《けいれん》する背中に、女は脇差を逆手に持ち替え、無雑作《むぞうさ》に止《とど》めを刺した。

だが慄《おのの》いた手代らが新たに、三人、四人と主屋の方や店表の方へ突進した。

最初の三人は店の台所の板敷と土間で四人の賊に追い付かれ、討ち取られた。

後の四人は、逃げる廊下で三人が滅多斬りにされ、最後のひとりが帳場格子のある店の間で、庭から追いかけた女に串刺しにされ、苦しむ間もなく息絶えた。

「あわわ、な、何もいたしません、何も……」

主人や頭取ら、残りの者は震え上がった。

掌を合わせて賊を拝《おが》んでいる者もいた。

「おめえら、くたばったやつらを蔵へ運べ。てめえらも一緒に蔵へ入《へえ》るんだ。さっさとやれえ。ぶった斬るだでよ」

頭の怒声に、残りの店の者は慌てて、庭や廊下、台所で斬り刻まれた手代らを土蔵へ引きずりこみ、自分らも土蔵の中で身を寄せ合った。

店の間の方から、女らしき賊が斬殺体の片足を、丸太を引っ張るように引きずって運んできた。

「よし。運び出せ」

頭が手下らに命じた。

事前の調べが付いているのか、手下らは佐賀屋の台所衆が普段まとめて買い入れる炭俵や米俵、味噌や醤油《しょうゆ》、酒樽《さかだる》を運ぶための荷車を引き出した。

蔵に仕舞った千両箱と金箱を次から次へと運び出し、その荷車へ積んでいく。

それも手筈通りらしく、銀箱と銭箱には一切手を付けなかった。

手早い働きぶりに、佐賀屋の蔵から千両箱と金箱がたちまち消えた。

賊の働きは澱《よど》みなく、事前に決めた手順をこなしていくみたいに無駄がなかった。

金が運び出される間、子分のひとりが縞の長着に着替えた。

賊は顔を見られてもまったく気にしていなかった。

「おめえが主人だな。一緒にこい。いいか、常盤橋の河岸場の船へ運ぶ。途中、誰かに訊ねられたら、佐賀屋の主人だと、堂々と名乗れ。取引の証文や帳簿類を船で運ぶと言え。こいつが手代役でおめえの後ろに付いてる。命が惜しかったら縮尻《しくじ》るな」

主人は口も利けず、慄きつつ頷いた。

凶暴な眼差《まなざ》しを光らせる女が、頭取と番頭、残りの手代へ刀を突き付けている。

「お頭、支度は整いやした。火の手が迫っておりやす。急ぎやしょう」

煙や火の迫る気配が、明らかに近付いていた。

外の半鐘は鳴り止《や》まなかったが、群衆の声は遠ざかっていた。近所の住人はもうみな逃げたのか。その静けさがかえって火勢の音を大きく聞こえさせた。

「ううむ。いくぜ」

頭が主人の肩を突いた。

「まってくれ。こんなところへ閉じこめられたら焼け死んでしまう。わたしらも連れていってください。金を運ぶのを手伝います。上手くやりますので、どうか」

頭取が頭にすがった。

「心配するねえ。ここに隠れていりゃあ火は廻らねえ。少々暑いが火事が治まったら誰かが出してくれる」

頭は年配の頭取を蹴り飛ばした。

番頭や手代が頭取の周りに固まった。

「それまで辛抱だ。それまで極楽の夢でも見てな」

頭が言い残し、蔵の戸を閉めかけた。

そのとき、いつの間にか蔵の外に用意されていた明かり用の油の壺《つぼ》を、女が放りこんだ。壺が蔵の床に砕け散り、油が飛び散った。

手下のひとりが火の燻《くすぶ》った薪《まき》をかざしていた。

わああ、っとみなが叫び声を上げ、戸へ突進してきた。

「地獄の夢かも、しれねえがな」

女が言い、手下が薪を油の中へ投げ捨てた。

戸が、どしん、と閉じられたのと、油に火がふわりと燃え移ったのが同時だった。

蔵の中の悲鳴は、両開きの鉄の扉が閉じられ、聞こえなくなった。

鉄の扉が、隣家の屋根を夕焼けのように覆う夜空に赤く彩られた。

賊はみな脇差を荷車に隠した。

頭は懐の匕首《あいくち》を主人にちらつかせた。

「おめえは、生き残りてえだろう。女房と子供らに会いてえだろう」

主人は震えて立っているのがやっとだった。金を積んで筵《むしろ》でくるんだ荷車にすがって身体を支えた。

「ならいけえ。下手こきやがると一巻の終わりだで」

頭が主人の背中をどんと突き、荷車ががらがらと勢いよく走り出した。

主屋裏の土蔵前から裏庭、主屋と表店をつなぐ幅広い通り庭を走り抜け、店土間まできたとき、表の板戸が左右へ大きく開かれた。

荷車は瞬時の停頓《ていとん》もなく、半鐘が鳴り響く表へ走り出た。

主人に手代役の男が荷車の脇を駆け、十数人の人足らが荷車を曳《ひ》き方、押し方に分かれて全力で走っている。

車輪の音が鳴り響く半鐘に調子を揃えているかのようだった。

通りから濠端へ出て、常盤橋下の河岸場までわずかな道のりである。

い組の法被《はっぴ》を纏《まと》った町火消の一団が、「どけどけえっ」と荷車を追い越しにかかった。

だが、町火消の頭立《かしらだ》った男が荷車を止め、険《けわ》しい口調で誰何《すいか》した。

「おめえら、どこのもんだ」

「はは、は、はい、わたしどもは本両替町の佐賀屋の……」

主人は狼狽《うろた》えながらも、懸命に答えた。

震える手代が主人にぴったりと寄り添っている。

火消の頭は怪しんだ。主人に手代、後は十数人の人足。妙な一団だな、と思った。

「荷物は佐賀屋さんの金箱か」

「はい。おか、お金よりも、お客さまよりお預かりいたしております、大事な証文やら商いの帳簿やらで、ございます」

そのとき、金座屋敷の方で火の手が、ごお……と立った。

「畜生《ちくしょう》め、またきやがった」

頭が夜空を睨んで「いくぜえっ」と走り出した。

火消の一団は荷車を捨てて、道の先へ突き進んでいった。

「いけえっ」

手代に拵えた男が主人の背中を、勢いよく突いた。

常盤橋袂の河岸場は、本両替町や本町の大店の荷物を運ぶ川船が入り乱れていた。

駿河町や本石町、北鞘《きたざや》町、本革屋《ほんかわや》町などの店は、本両替町と本町の金座屋敷周辺をぐるりと廻って上がった火の手に追われ、常盤橋の方へは逃げてこなかった。

それでも火の手の西側の住人で、濠端は混乱に見舞われていた。

町方が出動し、辻番の番士、町火消、方角火消詰所の侍らが常盤橋と常盤橋御門を守っていたが、誰も佐賀屋の荷車を怪しまなかった。

佐賀屋の荷物は、河岸場につないで船頭が番をしていた牛込軽子《かるこ》坂下揚場町の貸船屋の屋根船に、人足らによって手際よく積みこまれた。

菱川、と屋根船の障子に記した貸船屋の屋号を番士らの提灯が照らしていた。

屋根船にあの人足らは何を積みこんでいるのだ、と気に留めた番士もいた。

だが、このような火急の事態なのだからたまたま河岸場にき合わせた貸船を頼んだのだろうと考えられたし、本町の方でまた火の手が上がるのに気を取られ、番士は確かめもしなかった。

菱川の貸船は、佐賀屋の主人に手代ふうの男と人足らを乗せ、多くの船が日本橋川やお濠を南へ取って大川方面へ火事を避けるのと異なり、神田橋御門の方角へ漕ぎ上っていった。

その屋根船の障子戸を三寸（約九センチ）ほど開けて、頬かぶりを取った菊の助が本町の夜空に上がった火の手を眺め、

「燃えろ燃えろ、燃えやがれ」

と呟き、不敵に顔を歪めた。

四

勘平は本両替町と本町の夜空を染める火の手を背に、本石町の一丁目と二丁目の辻まで逃げてきた。

周りに火事場から逃げてきた着の身着のままの住人らが引きも切らず、人足風体の

勘平を怪しんで問い質《ただ》す自身番の番人はいなかった。

「ここらで、もう一軒やるか」

勘平は本町の方の夜空へ振りかえり、呟いた。

四方を見廻し、荷物を担いで数人の住人が走り出てくる暗い木戸口が見えた。

勘平は人波を避けて木戸口へ歩んでいった。

木戸をくぐって暗い小路へ足音を忍ばせた。

小路も路地も住人はみな逃げたと見え、表通りの喧噪《けんそう》とは打って変わった暗い静けさだった。

勘平は小路から路地裏へ気まぐれに入った。

どぶ板を踏んで、両脇の暗い裏店をのぞきながら奥へ進んだ。

表戸を開け放ったまま逃げ出したらしい店もあった。

路地の奥に小さな稲荷《いなり》の祠《ほこら》があり、祠の脇より本銀《ほんしろがね》町に出られそうな小路へ抜ける木戸を見付けた。

「よし、ここだ。ざまあ見やがれ」

勘平はぶつくさ言いつつ、火打石と桐油紙《とうゆがみ》に巻いて懐に隠していた燭台の魚油《ぎょゆ》で湿らせた布切れを取り出した。

繰りかえし何度もやって手慣れていたから、火はすぐに付いた。

「へへ、罰当たりだぜ。よしよし」

勘平は布切れを上っていく小さな火に息を吹きかけ呟いた。

布切れを包んだ火が祠の廂へ燃え移った。

勘平は残りの布切れを祠の屋根へ捨てた。それから念のために魚油を入れて腰に下げてきた小筒《ささえ》の油を、燃え始めた祠に振りまいた。

「ここが最後だ。盛大に燃えろ」

祠の屋根が、ぱちぱちと炎の中ではじけ出した。

勘平は祠の脇を抜け、小路に立った。道の片側が土蔵の壁で、向かい側が板塀になっていた。

小路を北へ抜ければ、本石町と本銀町二丁目の境の通りに出られるはずだった。

勘平は突き袖をして、本銀町二丁目へ小路を小走りに駆けた。

小路の後ろで火がだんだん大きくなって、路地の塀を伝い始めていた。

あと十間（約十八メートル）もいけば本銀町の通り、というところで、小路の先に饅頭笠《まんじゆうがさ》の僧侶風体の姿が現われた。

姿は影しか見えなかった。

けれど、馬鹿に長い杖と饅頭笠の下の衣の影が僧侶に間違いなかった。

勘平のゆき先を遮《さえぎ》るように、小路の木戸口に佇《たたず》んでいた。

だいぶ背が高そうだった。

だが構うことはねえ。どうせ腐れ坊主だ、と思った。

「坊主。邪魔だ、どきな」

小走りを止めずに言った。

後方で板塀が派手に燃え始めた。

「おまえが火ぃ、付けたんか」

僧の影が饅頭笠の縁《へり》を上げ、後ろを見やる仕種《しぐさ》をした。

「知るけえ。どかねえと怪我するぜ」

「おまえが火ぃ付けたんやろ。罰当たりなことをしよってからに」

勘平は動かぬ僧へ、急に血が上ってきた。

ふにゃふにゃと妙な言い方しやがって。火事場騒ぎのついでに始末してやるぜ。

勘平は坊主のひとりやふたり、誰も気にしやしめえ、と高をくくった。

袖の奥に手を深く差し入れ、晒《さらし》に差した匕首の柄《つか》を握った。

「この野郎」

たたたっ、と早足になった刹那《せつな》、僧の手にしていた長い杖が円弧を描いて打ち落とされた。

危ねえ、とわかったが、身体にまで伝わる間もなかった。

不思議な衝撃が、勘平の脳天に伝わった。

頭蓋《ずがい》の砕ける音を勘平は聞いた。

すると、頭が真っ白なのに気付いた。

自分がどこにいるのか、何をしているのか、わからなかった。

辺りは真っ白で何も見えないのに、何かが波打っていた。

一瞬、僧が見えた。僧は経を唱えていた。

それから親父《おやじ》が見えた。

親父、すまねえ、と勘平はなぜか思った。

お袋がいないのが、変だった。

「親父、お袋はおれを置いて、どこへいっちまったんだい」

親父は何も言わなかった。

お袋の顔はどうしても思い出せなかった。

途切れ途切れの声が勘平を呼んでいた。

「おぉい、おぉい……」

ぼうっ、と人の顔が見えた。

「しっかり、しろ。気を、確かに、持て」

かぁんぺぇえぇ――そいつが遠くから叫んでいた。

誰だ、かんぺえ、って。勘平はわからなかった。

だがそいつが、前に深川の親父の店で見た町方のあの野郎だと、何もかもが消える直前に、勘平は思い出した。


神田雉子町の市兵衛が住む八郎店に、音羽町九丁目へ町方と吉原の男衆らの警動が入り、料理茶屋・大清楼が手入れを受け、めちゃくちゃに打ち壊された、と大清楼の下男・代吉が知らせにきたのは、真夜中の九ツ半（午前一時）だった。

町中に半鐘が鳴り響き、本町の方の空が赤く輝いて見えた。

八郎店の住人は大人も子供も起きていて、路地に出て赤い夜空を見上げていた。

逃げる用意をしている者もいた。

市兵衛は、火が神田の方にも広がってくるなら、鎌倉河岸の薄墨か、あるいは矢藤太の宰領屋へ助けに走るつもりだった。

そこへ、大清楼で親しくなった代吉が八郎店の路地へ駆け付けたのだった。

「先生、先生、大変だ。えらいことになりやした」

代吉は市兵衛に取りすがらんばかりの様子だった。

「大清楼が手入れを、受けやした。町方と吉原の……」

代吉は喘《あえ》いだ。

「入れ。ひと呼吸入れろ。水をやる。落ち着いて話せ。大清楼に何があった」

それからほどもなく、市兵衛は黒の単《ひとえ》の袖を肩の出るまで腕まくりにし、膝が出るほどの裾からげ、茶小倉《ちゃこくら》の帯に黒鞘二本を落とし差し、紫綿の鼻緒の草履を帯に挟んで、孤狼《ころう》のように夜道を疾駆《しっく》していた。

市兵衛が駆ける背後には、本町辺りの火事に夜空が燃えている。

鳴り響く半鐘が、市兵衛の背中を「それいけそれいけ」と押していた。

神田の町を駆け抜け、昌平橋を渡って昌平坂を一気に駆け上った。それから水戸屋敷まで風に乗って駆け下る。

水戸屋敷土塀脇の百間長屋を走り抜け、北へ折れて飛ぶがごとく白堀堤へ出たときも、市兵衛の息に少しの乱れもなかった。

四半刻（三十分）もたたず市兵衛は九丁目橋を渡り、満天の星の下にまっすぐ延びる音羽の大通りに立った。

何事もなかったかのごとく、音羽の町は寝静まっているかのようだった。

野犬が四、五匹、市兵衛がするすると歩む周りを嗅《か》いでついてくる。

九丁目と八丁目の境の横丁へ折れた。

横丁の両側の店はどこも板戸を閉ざし、星明かりしかない道は暗かった。

だが市兵衛は、やがて九丁目の角地に建つ大清楼の、夜目にもわかる無惨に打ち壊された残骸《ざんがい》の影に胸を打たれた。

「ひどいことを……」

市兵衛は大清楼の影へ急ぎつつ、呟いていた。

山茶花の垣根は無残に引き抜かれ、格子戸の門から前庭や表口は、夥しい家具簞笥、家財道具などの残骸で埋まっていた。

暗いけれども、表口から上がった板敷は穴だらけで、壁は柱を残して崩れ落ちているのがわかった。

壁が崩れているため、暗がりが建物の奥まで続いているのが認められた。

二階への階段も上れないほどに破壊されていた。

市兵衛は内証を抜け、板場の横の囲炉裏《いろり》のある板敷から、床の抜けた穴に足を取られぬようゆっくり廊下を進んだ。

廊下の先に明かりが灯っていた。

市兵衛と藤蔵の勉強部屋に使っていた八畳の座敷だった。

部屋の襖は砕けて、半分だけが立てかけてあった。

明かりは、砕けた襖の隙間からもれていた。

小さな蠟燭《ろうそく》の明かりの中に二つの人影があった。

「唐木です。女将さん、藤蔵さん」

稲がうな垂れて座し、藤蔵が稲の膝を枕に横たわっていた。

「先生っ」

藤蔵が跳ね起きた。

「女将さん、藤蔵さん、無事でしたか」

市兵衛の胸に熱いものがこみ上げた。

「まあ、先生。わざわざきて下さったんですか」

稲が市兵衛に手を突いた。

「女将さん、こんなことになっていたとは……」

市兵衛は言葉が続かなかった。

市兵衛を見上げる藤蔵の目が、見る見るうちに潤《うる》んで、涙が二筋三筋と小さな頬に伝わった。藤蔵の顔は、もう十分泣きはらした後だった。

「藤蔵さん、心細かったろうな。こんなことで負けてはいられない。わたしも藤蔵さんと一緒にいるぞ」

市兵衛は力をこめて言った。

「お父っつあんが町方に連れていかれちまったんです」

市兵衛は藤蔵の細い両肩を、大きな掌で包んだ。

「町方に知り合いがいる。わたしが頼んで、必ず無事に戻ってこられるようにする」

「姉さんが、お歌姉さんが、連れていかれたあ」

藤蔵がそう言って、めそめそと泣き出した。

「お歌さんが？　女将さん、なぜお歌さんが連れていかれたんですか」

稲は丸く白い頬にはらはらと涙を流し、首を左右に振った。

「誰に、どこへ連れていかれたんですか」

稲はうな垂れ、また首を左右に振った。

それから藤蔵と稲は、崩れかけ無残な暗闇に包まれた大清楼の片隅に小さく灯した蠟燭の明かりの中で悲しげな声を絞っていたが、そのうちに、あふれ出る思いを堪えかねたかのように、二人揃って声を放って泣き出したのだった。

（下巻につづく）

一〇〇字書評

切・り・取・り・線

購買動機（新聞、雑誌名を記入するか、あるいは○をつけてください）

□（　　　　　　　　　　　　　）の広告を見て
□（　　　　　　　　　　　　　）の書評を見て
□ 知人のすすめで　　□ タイトルに惹かれて
□ カバーが良かったから　　□ 内容が面白そうだから
□ 好きな作家だから　　□ 好きな分野の本だから

・最近、最も感銘を受けた作品名をお書き下さい

・あなたのお好きな作家名をお書き下さい

・その他、ご要望がありましたらお書き下さい

住所	〒				
氏名		職業		年齢	
Eメール	※携帯には配信できません	新刊情報等のメール配信を 希望する・しない			

この本の感想を、編集部までお寄せいただけたらありがたく存じます。今後の企画の参考にさせていただきます。Eメールでも結構です。

いただいた「一〇〇字書評」は、新聞・雑誌等に紹介させていただくことがあります。その場合はお礼として特製図書カードを差し上げます。

前ページの原稿用紙に書評をお書きの上、切り取り、左記までお送り下さい。宛先の住所は不要です。

なお、ご記入いただいたお名前、ご住所等は、書評紹介の事前了解、謝礼のお届けのためだけに利用し、そのほかの目的のために利用することはありません。

〒一〇一-八七〇一
祥伝社文庫編集長　坂口芳和
電話　〇三（三二六五）二〇八〇

祥伝社ホームページの「ブックレビュー」からも、書き込めます。
http://www.shodensha.co.jp/bookreview/

祥伝社文庫

風《かぜ》立《た》ちぬ（上《じょう》）　風《かぜ》の市兵衛《いちべえ》

平成24年5月20日　初版第1刷発行
平成30年9月5日　　　第12刷発行

著　者　辻堂《つじどう》 魁《かい》
発行者　辻　浩明
発行所　祥伝社《しょうでんしゃ》
東京都千代田区神田神保町3-3
〒101-8701
電話　03（3265）2081（販売部）
電話　03（3265）2080（編集部）
電話　03（3265）3622（業務部）
http://www.shodensha.co.jp/

印刷所　堀内印刷
製本所　ナショナル製本
カバーフォーマットデザイン　中原達治

Printed in Japan ©2012, Kai Tsujidou ISBN978-4-396-33760-5 C0193

祥伝社文庫の好評既刊

辻堂魁　**風の市兵衛**

さすらいの渡り用人、唐木市兵衛《からきいちべえ》。心中事件に隠されていた奸計《かんけい》とは？　〝風の剣〟を振るう市兵衛に瞠目！

辻堂魁　**雷神**　風の市兵衛②

豪商と名門大名の陰謀で、窮地に陥った内藤新宿の老舗。そこに〝算盤《そろばん》侍〟の唐木市兵衛が現われた。

辻堂魁　**帰り船**　風の市兵衛③

舞台は日本橋小網《こあみ》町の醤油問屋「広国《ひろくに》屋」。市兵衛は、店の番頭の背後にいる、古河《こが》藩の存在を摑むが――。

辻堂魁　**月夜行《つきよこう》**　風の市兵衛④

狙われた姫君を護《まも》れ！　潜伏先の等々《とど》力《ろき》・満願寺《まんがんじ》に殺到する刺客たち。市兵衛は、風の剣を振るい敵を蹴散らす！

辻堂魁　**天空の鷹《たか》**　風の市兵衛⑤

息子の死に疑念を抱く老侍。彼の遺品からある悪行が明らかになる。老父とともに、市兵衛が戦いを挑んだのは⁉

辻堂魁　**風立ちぬ㊤**　風の市兵衛⑥

〝家庭教師〟になった市兵衛に迫る二つの影とは？　〈風の剣〉を目指した過去も明かされる、興奮の上下巻！